Himlen I

[Den heliga staden, Jerusalem] ägde Guds härlighet.
Dess strålglans var som den dyrbaraste ädelsten,
som en kristallklar jaspis.
(Uppenbarelseboken 21:11)

Himlen I

Lika Klar och Vacker som Kristall

Dr. Jaerock Lee

Himlen I: Lika Klar och Vacker som Kristall av Dr. Jaerock Lee
Utgiven av Urim Books (Representant: Kyungtae Noh)
73, Yeouidaebang-ro 22-gil, Dongjak-gu, Seoul, Korea
www.urimbooks.com

Om inget annat anges är alla bibelcitat hämtade från Den Heliga Skriften, Svenska Folkbibeln.

ISBN: 979-11-263-0056-3 04230
ISBN: 979-11-263-0055-6 (set)

Tidigare utgiven på koreanska av Urim Books år 2002

Första utgåvan Februari 2016

Redigerad av Dr. Geumsun Vin
Design av Editorial Bureau på Urim Books
Tryckt av Yewon Printing Company
För mer information, kontakta: urimbook@hotmail.com

Förord

Kärlekens Gud leder inte bara varje troende till frälsningens väg utan uppenbarar även himlens hemligheter.

Åtminstone en gång i livet ställer man sig själv förmodligen denna fråga, "Var hamnar jag efter livet i den här världen?" eller "Existerar verkligen himlen och helvetet?"

Många människor dör innan de har tagit reda på svaren på dessa frågor, och även om de tror på ett liv efter döden är det inte alla som får del av himlen eftersom inte alla har den rätta kunskapen. Himlen och helvetet är inte någon fantasi, utan verkliga platser i den andliga världen.

Å ena sidan är himlen en sådan underbar plats att det inte kan jämföras med någonting i den här världen. Särskilt allt det vackra och lyckan i Nya Jerusalem, där Guds tron står, går inte att med ord förklaras eftersom det är gjort av det allra bästa materialet och med himmelsk förmåga.

Å andra sidan är helvetet en ändlös tragisk pina och evigt

straff; det är en fruktansvärd verklighet som beskrivs i detalj i boken *Helvetet*. Vi fick kunskap om himlen och helvetet genom Jesus och apostlarna och till och med idag uppenbaras de i detalj genom Guds folk som har uppriktig tro på Honom.

Himlen är den plats där Guds barn njuter av evigt liv, och av de ofattbara, vackra och underbara ting som är förberedda för dem. Du får endast möjlighet att känna till om dem i detalj när Gud tillåter och visar det för dig.

Jag bad och fastade kontinuerligt under sju år för att lära känna denna himmel och började ta emot svar från Gud. Nu visar Gud mig på ett ännu djupare sätt fler hemligheter i den andliga världen.

Eftersom himlen inte är synlig är det mycket svårt att beskriva himlen med denna världs språk och kunskap. Det skulle också kunna leda till missförstånd. Det är därför som aposteln Paulus inte i detalj kunde berätta om Paradiset i den tredje himlen som han hade sett i en vision.

Gud lärde mig också många hemligheter om himlen och under många månader predikade jag om det lyckliga livet och de olika platserna och belöningarna man får efter ens mått av tro. Men jag kunde inte i detalj predika om allt som jag hade lärt mig.

Orsaken till att Gud låter hemligheterna om den andliga

världen bli kända genom den här boken är för att frälsa så många själar som möjligt och leda dem till himlen, som är klar och vacker som kristall.

Jag ger Gud allt tack och äran för att Han tillåter mig att publicera *Himlen 1: Lika Klar och Vacker som Kristall,* som är en beskrivning av en plats som är lika klar och vacker som kristall, fylld av Guds härlighet. Jag hoppas att du kommer att förstå Guds stora kärlek i det att Han visar dig hemligheterna om himlen och leder alla människor till frälsningens väg så att du också kan få tag på den. Jag hoppas att du kommer att löpa mot målet, evigt liv i Nya Jerusalem.

Jag tackar Geumsun Vin, direktör för redigeringsavdelningen och hennes personal, och översättningsavdelningen för deras hårda arbete med att publicera denna bok. Jag ber i Herrens namn att många människor ska bli frälsta och få njuta av evigt liv i Nya Jerusalem genom denna bok.

Jaerock Lee

Introduktion

Med hopp om att varenda en av er kommer att förstå Guds tålmodiga kärlek, nå den fulla andens mått, och löpa mot Nya Jerusalem.

Jag tackar Gud och ger Honom all ära som har lett ett oändligt antal människor till att lära känna den andliga världen ordentligt, och börja löpa mot målet med ett himmelskt hopp genom utgivningen av *Helvetet* och den tvådelade serien om *Himlen.*

Denna bok innehåller tio kapitel och visar dig tydligt om livet och skönheten, om olika platser i himlen och belöningar som ges efter måttet av tron. Detta har Gud uppenbarat för Rev. Dr. Jaerock Lee genom den Helige Andes inspiration.

Kapitel 1 ”Himlen: Lika klar och vacker som kristall” beskriver den eviga lyckan i himlen genom att ta en titt på hur det ser ut rent generellt på den plats där det inte finns något behov för en sol eller måne för att ge ljus.

Kapitel 2 ”Edens lustgård och Himlens väntplats” beskriver platsen, hur den ser ut, och livet i Edens lustgård som bättre kan hjälpa dig att förstå himlen. Detta kapitel berättar också om Guds plan och omsorg i det att Han placerade trädet med kunskap om gott och ont i lustgården och Hans kultiverande av människor på en andlig nivå. Det berättar också för dig om väntplatsen där frälsta människor väntar tills domens dag, hur livet är där, och vilka slags människor som kommer direkt in i Nya Jerusalem utan att behöva vänta där.

Kapitel 3 ”Den sjuåriga bröllopsfesten” förklarar Jesu Kristi återkomst, den sjuåriga vedermödan, Herrens återvändande till jorden, tusenårsriket, och det eviga livet efter det.

Kapitel 4 ”Himlens hemligheter fördolda sedan skapelsen” går igenom hemligheter om himlen som blev uppenbarade genom Jesu liknelser och berättar för dig hur du kan få tag på himlen, där det finns många boplatser.

Kapitel 5 ”Hur kommer vi att leva i Himlen?” förklarar den andliga kroppens längd, vikt och hudfärg, och hur vi kommer att leva. Med olika exempel om det glädjefyllda livet i himlen uppmanar detta kapitel att med våld avancera mot himlen med ett stort hopp om att nå den.

Kapitel 6 "Paradiset" förklarar Paradiset som är den lägsta nivån av himlen, men ändå betydligt vackrare och lyckligare än denna värld. Det förklarar också vilka slags människor som kommer att komma till Paradiset.

Kapitel 7 "Himlens Första Kungadöme" förklarar livet och belöningarna som finns i det Första Kungadömet, där de som har accepterat Jesus Kristus och försökt leva efter Guds ord kommer att bo.

Kapitel 8 "Himlens Andra Kungadöme" förklarar livet och belöningarna i det Andra Kungadömet dit dem som inte uppnår fullständig helgelse, men som fullgjorde alla sina uppgifter kommer. Det betonar också vikten av lydnad och att göra ens uppgifter.

Kapitel 9 "Himlens Tredje Kungadöme" förklarar skönheten och härligheten i det Tredje Kungadömet som inte kan jämföras med det Andra Kungadömet. Det Tredje Kungadömet är platsen bara för dem som har gjort sig av med alla sina synder – till och med synderna i deras natur – genom sina egna ansträngningar och med den Helige Andes hjälp. Kapitlet förklarar Guds kärlek som tillåter prövningar och svårigheter.

Slutligen, kapitel 10 ”Nya Jerusalem” introducerar Nya Jerusalem, den vackraste och härligaste platsen i himlen, där Guds tron står. Det beskriver de slags människor som kommer in i Nya Jerusalem. Detta kapitel avslutas med att ge läsaren hopp genom att berätta om två personers hus som kommer att komma in i Nya Jerusalem.

Gud har förberett himlen som är klar och vacker som kristall för sina älskade barn. Han vill att så många som möjligt ska bli frälsta och Han ser fram emot att träffa sina barn som kommer in i Nya Jerusalem.

Jag hoppas i Herrens namn att alla läsare av boken *Himlen 1: Lika Klar och Vacker som Kristall* kommer att förstå Guds stora kärlek, uppnå den fulla anden med Herrens hjärta, och uthålligt löpa mot Nya Jerusalem.

Geumsun Vin
Direktör redigeringsavdelningen

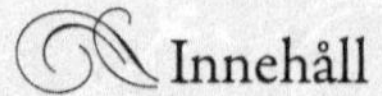

Innehåll

Kapitel 1

Himlen:
Lika klar och vacker som kristall

1. Ny himmel och ny jord
2. Floden med livets vatten
3. Guds och Lammets tron

Och han visade mig en flod med livets vatten,
klar som kristall.
Den går ut från Guds och Lammets tron.
Mitt på stadens gata,
på varje sida om floden, står livets träd
som bär frukt tolv gånger,
varje månad bär det frukt,
och trädets blad ger läkedom åt folken.
Och ingen förbannelse skall finnas mer.
Guds och Lammets tron skall stå i staden,
och hans tjänare skall tjäna honom.
De skall se hans ansikte,
och hans namn skall stå skrivet
på deras pannor.
Någon natt skall inte finnas mer,
och de behöver inte någon lampas sken
eller solens ljus.
Ty Herren Gud skall lysa över dem,
och de skall regera som kungar
i evigheternas evigheter.

\- Uppenbarelseboken 22:1-5 -

Många människor funderar och frågar, "Det sägs att vi ska ha ett lyckligt liv i himlen för evigt– vad är det för en plats?" Om man lyssnar på vittnesbörden från dem som har varit i himlen kan man höra att de flesta av dem har passerat genom en lång tunnel. Det beror på att himlen är i den andliga världen som är väldigt annorlunda jämfört med den värld vi lever i.

De som bor i denna tredimensionella värld känner inte till om himlen i detalj. Man kan endast få kunskap om denna märkliga värld, bortom den tredimensionella världen, när Gud berättar för en om den eller när ens andliga ögon blir öppnade. Om du får detaljerad kunskap om denna andliga värld kommer inte bara göra din själ lycklig, din tro kommer också att snabbt växa till sig och du kommer att bli älskad av Gud. Därför berättade Jesus om himlens hemligheter genom många liknelser och aposteln Johannes förklarar himlen i detalj i Uppenbarelseboken.

Vad för slags plats är då himlen och hur kommer människor att leva där? Du kommer att få en kort inblick i himlen, som är lika klar och vacker som kristall, som Gud har förberett för att dela sin kärlek med sina barn för evigt.

1. Ny himlen och ny jord

Den första himlen och den första jorden som Gud skapade var lika klar och vacker som kristall men de blev förbannade på grund av den första människan Adams olydnad. En skenande expansion av industrialism och utveckling inom vetenskapen och teknologin har också förorenat denna jord, och fler och fler människor kämpar numera för att beskydda naturen.

Därför kommer Gud, när tiden är inne, att förkasta den första himlen och den första jorden och uppenbara en ny himmel och en ny jord. Trots att denna jord har blivit förorenad och förstörd är den fortfarande nödvändig för att uppfostra sanna barn till Gud som kan och kommer att komma in i himlen.

I begynnelsen skapade Gud jorden och sedan därefter människan och lät henne leva i Edens lustgård. Han gav dem maximal frihet och överflöd av allt och gav dem tillträde till allt utom att äta av trädet med kunskap om gott och ont. Människan överträdde dock detta enda som Gud hade förbjudit och drevs så ut till denna jord, den första himlen och den första jorden.

Eftersom Gud den Allsmäktige visste att mänskligheten skulle gå dödens väg hade Han förberett Jesus Kristus innan tidernas begynnelse och sände Honom till denna jord vid en väl vald tidpunkt.

Därvid är det så att den som accepterar Jesus Kristus som korsfästes och återuppstod kommer bli förvandlad till en ny skapelse och komma in i den nya himlen och den nya jorden och njuta av evigt liv.

Den nya himlens blå skyar, lika klara som kristall

Den nya himlens atmosfär som Gud har förberett är fylld med ren luft som gör himlen oerhört klar och ren, helt olikt luften i den här världen. Tänk dig en klar himmel med fullständigt rena vita moln. Så underbart och behagligt det skulle vara!

Hur kommer Gud att göra den nya himlen blå? Andligt sett

ger den blå färgen dig en känsla av djup, höjd och renhet. Vatten är lika rent som det är blått. När du ser på den blå himlen känner du dig också upplivad i ditt hjärta. Gud gjorde himlen i den här världen blå eftersom Han hade gett dig ett hjärta som skulle se upp till sin Skapare. Om du med blicken vänd uppåt mot den klarblå himlen kan bekänna, "Min Skapare måste vara där uppe. Han har gjort allting så vackert!", kommer ditt hjärta att bli renat och du kommer känna dig manad till att leva ett gott liv.

Hur skulle det vara om hela himlen var gul? Istället för att känna sig väl till mods skulle människor känna sig besvärade och förvirrade, och somliga skulle till och med lida av mentala problem. Människans sinnen kan beröras, upplivas och förvirras av olika färger. Det är därför som Gud gjorde skyn i den nya himlen blå och placerade rena, vita moln där så att Hans barn skulle kunna leva lyckliga med hjärtan lika klara och vackra som kristall.

Ny jord i himlen gjord av rent guld och juveler

Hur kommer den nya jorden i himlen att bli? På den nya jorden i himlen som Gud har gjort ren och klar som kristall finns det ingen jord eller något damm. Den nya jorden består endast av rent guld och juveler. Så fascinerande det kommer att vara i himlen, där vägarna lyser av renaste guld och juveler!

Den här jorden är gjord av stoft som förändrar sig över tid. Denna förändring ger oss en inblick i meningslösheten och döden. Gud låter alla växter att spira, bära frukt, vissna och gå under i jorden så att du ska förstå att livet på den här jorden har ett slut.

Himlen är gjord av renaste guld och juveler som inte förändras eftersom himlen är en sann och evig värld. På samma sätt som växter spirar på den här jorden kommer de att spira i himlen efter att de har planterats, men de kommer aldrig att dö eller gå under som växterna här på jorden.

Till och med höjderna och slotten är gjorda av renaste guld och juveler. Så skinande och vackra de måste vara! Du borde se till att du har sann tro så att du inte missar denna vackra och lyckliga himmel som inte nog kan beskrivas med ord.

Den första himlen och den första jordens försvinnande

Vad kommer att hända med den första himlen och den första jorden när denna underbara nya himmel och jord kommer att uppenbaras?

> *"Och jag såg en stor vit tron och honom som satt på den. För hans ansikte flydde jord och himmel, och det fanns ingen plats för dem"* (Uppenbarelseboken 20:11).

> *"Och jag såg en ny himmel och en ny jord. Ty den första himlen och den första jorden hade försvunnit, och havet fanns inte mer"* (Uppenbarelseboken 21:1).

När människor som har kultiverats här på jorden blir dömda för ont och gott kommer den första himlen och den första jorden att fly bort. Det betyder att de inte kommer att försvinna fullständigt utan istället förflyttas till en annan plats.

Varför flyttar Gud på den första himlen och den första jorden istället för att göra sig av med dem fullständigt? Det beror på att Hans barn som bor i himlen kommer att sakna den första himlen och den första jorden om Han tar bort dem fullständigt. Trots att de led och upplevde många sorger och svårigheter under den första himlen på den första jorden, kommer de ibland sakna den eftersom den en gång var deras hem. Eftersom kärlekens Gud vet om detta flyttar Han dem till en annan del av universum, och gör sig inte helt och hållet av med dem.

Det universum som du lever i är en ändlös värld och det finns så många universum. Därför kommer Gud att flytta den första himlen och den första jorden till ett hörn av ett universum och låta sina barn besöka dem när det behövs.

Där finns inga tårar, sorg, död eller plåga

Den nya himlen och den nya jorden där Guds barn, frälsta av tro, kommer att bo är inte förbannad utan är full av lycka. I Uppenbarelseboken 21:3-4 står det att det inte finns några tårar, sorg, död, gråt eller plåga i himlen eftersom Gud är där.

> *"Och jag hörde en stark röst från tronen säga: 'Se, nu står Guds tabernakel bland människorna, och han skall bo hos dem och de skall vara hans folk, och Gud själv skall vara hos dem. Och han skall torka alla tårar från deras ögon. Döden skall inte finnas mer och ingen sorg och ingen gråt och ingen plåga. Ty det som förr var är borta.'"*

Så sorgligt det skulle vara om du svälte och till och med dina barn grät efter mat på grund av hunger. Vad skulle det då hjälpa om någon kom och sa, "Du är så hungrig att du gråter," och sedan torka dina tårar utan att ge dig någonting? Vad skulle riktig hjälp vara? Jo, att ge dig något att äta så att du och dina barn inte skulle svälta. Bara då kommer dina och dina barns tårar att upphöra.

Orden om att Gud skall torka varje tår från dina ögon betyder att om du är frälst och kommer till himlen, kommer det inte längre finnas några bekymmer eller oro eftersom det inte finns några tårar, sorg, död, gråt eller plågor i himlen.

Oavsett om man tror på Gud eller inte lever man med någon form av sorg på den här jorden. Världsliga människor kan till och med sörja oerhört bara av en liten förlust. Men de som tror sörjer i kärlek och barmhärtighet över dem som ännu inte är frälsta.

När du väl kommer till himlen kommer du dock inte längre att behöva oroa dig för döden, eller att andra personer syndar och hamnar i evig död. Eftersom du inte längre behöver plågas av synder kommer det inte att finnas någon enda sorg där.

På den här jorden beklagar du dig när du fylls av ledsamhet. I himlen finns det dock inte något behov för klagan eftersom det inte finns någon plåga eller bekymmer. Det kommer bara att finnas evig lycka.

2. Floden med livets vatten

I himlen flyter floden med livets vatten, lika klar som kristall, mitt i huvudgatan. Uppenbarelseboken 22:1-2 förklarar denna flod med livets vatten, och man blir lycklig bara av att föreställa sig den.

> *"Och han visade mig en flod med livets vatten, klar som kristall. Den går ut från Guds och Lammets tron. Mitt på stadens gata, på varje sida om floden, står livets träd som bär frukt tolv gånger, varje månad bär det frukt, och trädets blad ger läkedom åt folken."*

Jag simmade en gång i ett väldigt klart vatten i Stilla Havet och det var så klart att jag kunde se växterna och fiskarna i det. Det var så vackert att jag blev så lycklig bara att vara i det. Till och med i den här världen blir ens hjärta upplivat och renat när man ser på klart vatten. Så mycket lyckligare man kommer att bli i himlen där floden med livets vatten som är lika klar som kristall, rinner mitt i gatan![1]

Floden med livets vatten

Till och med i den här världen reflekteras solljuset i vattenytan och skiner vackert när man ser på det klara vattnet. När man ser floden med livets vatten i himlen på avstånd ser den blå ut, men när man tittar närmare är den så klar, vacker, fläckfri och ren, att man kan säga "den är klar som kristall."

Varför rinner denna flod med livets vatten ut från Guds och

---

[1] Engelska bibelöversättningen (New American Standard) av Uppenbarelseboken 22:1: *Then he showed me a river of the water of life, clear as crystal, coming from the throne of God and of the Lamb, in the middle of its street.*,säger att floden rinner i mitten av gatan.

Lammets tron? Andligt sett syftar vatten på Guds ord, vilket är livets mat, och man får evigt liv genom Guds ord. Jesus säger i Johannes 4:14, *"Men den som dricker av det vatten jag ger honom skall aldrig någonsin törsta. Det vatten jag ger skall i honom bli en källa, som flödar fram och ger evigt liv."* Guds ord är vatten som ger var och en evigt liv och det är därför som floden med livets vatten flödar ut från Guds och Lammets tron.

Hur smakar livets vatten då? Det är så ljuvligt gott att du inte aldrig tidigare har upplevt något liknande och så fort du dricker det känner du dig upplivad. Gud gav livets vatten till människan men efter Adams fall blev vattnet på jorden förbannat tillsammans med allt annat. Sedan dess har människor inte kunnat dricka av livets vatten här på jorden. Man kommer bara att kunna smaka det när man kommer till himlen. Människor på den här jorden dricker förorenat vatten, och man dricker hellre konstgjorda drycker som läsk istället för vatten. Vattnet här på jorden kan aldrig ge evigt liv, men livets vatten i himlen, Guds ord, ger evigt liv. Det är sötare än honung och dryper ut från vaxkakan och ger styrka till ens ande.

Floden rinner genom hela himlen

Floden med livets vatten som rinner ut från Guds och Lammets tron är precis som blodet som håller en vid liv genom att cirkulera runt i kroppen. Floden rinner genom hela himlen i mitten av huvudgatan och kommer sedan tillbaka till Guds tron. Varför rinner floden med livets vatten genom hela himlen, mitt i huvudgatan?

För det första är floden med livets vatten den enklaste vägen till Guds tron. För att komma till Nya Jerusalem där Guds tron står behöver man bara följa gatan som är gjord av rent guld på båda sidorna av floden.

För det andra, att vara i Guds ord är att vara på väg till himlen, och man kan endast komma in i himlen när man följer denna väg som är Guds ord. Som Jesus säger i Johannes 14:6, *"Jag är vägen och sanningen och livet. Ingen kommer till Fadern utom genom mig,"* är vägen till himlen Guds sanna ord. När du handlar i enlighet med Guds ord kan du komma in i himlen där Guds ord, floden med livets vatten, flyter.

Gud har också designat himlen på ett sånt sätt att bara genom att följa floden med livets vatten kan man komma till Nya Jerusalem där Guds tron står.

Sandbankar av guld och silver

Vad kommer att finnas utmed kanterna av floden med livets vatten? Först kommer du att upptäcka breda och långa sandbankar av guld och silver. Sand i himlen är runt och så mjukt att det inte fastnar i kläderna ens om man rullar sig i den.

Där finns också många bekväma bänkar dekorerade av guld och juveler. När du sitter på bänken med dina kära vänner och har glada samtal kommer vackra änglar och betjänar er.

Här på jorden kanske du beundrar änglar men i himlen kommer änglarna att kalla dig "herre" och betjäna dig som du önskar. Om du vill ha frukt kommer änglarna med frukt i en korg dekorerad med juveler eller blommor och omedelbart erbjuder dig frukt.

På båda sidorna av floden med livet vatten finns också vackra blommor i många färger, fåglar, insekter och djur. Även de tjänar dig som herre och du kan dela med dig av din kärlek till dem. Så underbar och vacker himlen är med floden med livets vatten!

Livets träd på båda sidorna av floden

Uppenbarelseboken 22:1-2 förklarar livets träd som står på vardera sidan om floden med livets vatten i detalj.

> *"Och han visade mig en flod med livets vatten, klar som kristall. Den går ut från Guds och Lammets tron. Mitt på stadens gata, på varje sida om floden, står livets träd som bär frukt tolv gånger, varje månad bär det frukt, och trädets blad ger läkedom åt folken."* [1]

Varför har Gud placerat livets träd som bär tolv sorters frukter på vardera sida om floden?

Huvudsakligen för att Gud vill att alla Hans barn som har kommit in i himlen ska få uppleva allt det vackra och livet i himlen. Han vill också påminna dem om att de uppbar den Helige Andes frukt när de handlade efter Guds ord, precis som de kunde äta mat genom sitt anletes svett.

En sak behöver förklaras ytterligare. Ordet att trädet bär tolv sorters frukt innebär inte att ett träd bär tolv olika frukter, utan

---

[1] Engelska bibelöversättningen (New American Standard) av Uppenbarelseboken 22:2 *"On each side of the river stood the tree of life, bearing twelve kinds of fruit, yielding its fruit every month...,"* säger att livets träd bär tolv **sorters** frukter, tolv gånger om året.

att där står tolv olika slags livets träd som var och ett bär en frukt var. I Bibeln kan du läsa om hur Israels tolv stammar formades genom Jakobs tolv söner, och hur nationen Israel blev formad genom dessa tolv stammar och hur nationer som har accepterat kristendomen har rests upp över hela världen. Jesus utvalde även tolv lärjungar och evangeliet har predikats och spridits över alla nationer genom dem och deras lärjungar.

De tolv sorters frukterna från livets träd symboliserar att om någon från vilken nation som helst följer tron kan den personen bära den Helige Andes frukt och komma in i himlen.

Om man äter en vacker och färggrann frukt från livets träd kommer man att bli förnyad och känna sig lycklig. Och så snart man har tagit en frukt kommer den att ersättas så det tar aldrig slut med frukter. Löven på träden är mörkgröna och skinande, och kommer att förbli så för evigt eftersom de inte faller av eller förtärs. Dessa gröna skinande löv är betydligt större än löven på träden i den här världen och de växer på ett mycket välordnat sätt.

3. Guds och Lammets tron

Uppenbarelseboken 22:3-5 beskriver att Guds och Lammets tron är placerad mitt i himlen.

"Och ingen förbannelse skall finnas mer. Guds och Lammets tron skall stå i staden, och hans tjänare skall tjäna honom. De skall se hans ansikte, och hans namn skall stå skrivet på deras pannor. Någon natt skall inte finnas mer, och de behöver inte någon lampas

sken eller solens ljus. Ty Herren Gud skall lysa över dem, och de skall regera som kungar i evigheternas evigheter."

Tronen står mitt i himlen

Himlen är en evig plats där Gud regerar med kärlek och rättfärdighet. Guds och Lammets tron står i Nya Jerusalem som ligger mitt i himlen. Lammet här syftar på Jesus Kristus (2 Mosebok 12:5, 1 Petrus brev 1:19).

Inte alla kan komma in till den plats där Gud vanligtvis bor. Den är belägen i en annan dimension än Nya Jerusalem. Guds tron på denna plats är så mycket vackrare och ljusare än den i Nya Jerusalem.

Det är till sin tron i Nya Jerusalem som Gud själv kommer ner när Hans barn tillber eller anordnar festligheter. Uppenbarelseboken 4:2-3 förklarar att Gud sitter på sin tron.

"Genast kom jag i Anden, och se, en tron stod i himlen och någon satt på tronen. Och han som satt på den såg ut som en sten av jaspis och karneol, och en regnbåge som en smaragd omgav tronen."

Runt omkring tronen sitter tjugofyra äldste, klädda i vita kläder med kronor av guld på sina huvuden. Framför tronen finns Guds sju andar och ett hav av glas, lika klart som kristall. Mitt för och runt tronen står fyra varelser och många himmelska härar och änglar.

Guds tron är omsluten av ljus. Det är så vackert,

förundransvärt, majestätiskt, gudomligt och ofantligt att det är bortom allt mänskligt förstånd. På Guds trons högra sida står Lammets tron, vår Herre Jesus Kristus. Den skiljer sig definitivt från Guds tron, men Treenighetens Gud, Fadern, Sonen och den Helige Ande har samma hjärta, karaktärsdrag och makt.

Mer detaljer om Guds tron kan fås i den andra boken *Himlen – Fylld av Guds Härlighet.*

Ingen natt och ingen dag

Gud regerar över himlen och universum med sin kärlek och rättvisa från sin tron, som strålar med det heliga och vackra härlighetsljuset. Tronen står mitt i himlen och bredvid Guds tron står Lammets tron och även den skiner i härlighetsljus. Därför behöver inte himlen ljuset från solen eller månen, eller någon elektrisk ljuskälla. Det finns ingen natt eller dag i himlen.

Hebreerbrevet 12:14 uppmanar oss följande, *"Sträva efter frid med alla och efter helgelse. Ty utan helgelse kommer ingen att se Herren."* Jesus lovar oss i Matteus 5:8, *"Saliga är de renhjärtade, de skall se Gud."*

De troende som därför gör sig av med all ondska från sina hjärtan och fullständigt lyder Guds ord kan se Guds ansikte. Efter den grad de efterliknar Herren kommer troende bli välsignade i denna världen, och i himlen leva närmare Guds tron.

Så lyckliga människor skulle bli om de kunde se Guds ansikte, tjäna Honom och älska Honom för evigt! Eftersom man inte kan se rakt på solen på grund av dess sken, kommer de som inte efterliknar Herrens hjärta att kunna se Gud på nära håll.

Njuta av sann lycka för evigt i himlen

Du kommer att njuta av sann lycka i allt du företar dig i himlen eftersom det är den bästa gåvan som Gud har förberett i sin stora kärlek till sina barn. Änglar kommer att betjäna Guds barn, som det står i Hebreerbrevet 1:14, *"Är inte änglarna andar i helig tjänst, utsända för att tjäna dem som skall ärva frälsningen?"* Precis som människor har olika mått av tro, kommer även husens storlek och det antal änglar som betjänar skilja sig åt beroende på hur mycket människorna efterliknar Gud.

De kommer att bli betjänade som prinsar och prinsessor eftersom änglarna kommer att kunna läsa deras tankar och på det sättet kunna förbereda allt de önskar. Även djuren och växterna kommer att älska Guds barn och tjäna dem. Djuren i himlen lyder Guds barn villkorslöst och ibland försöker de göra söta saker för att behaga dem eftersom de inte har någon ondska.

Hur är det med växterna i himlen? Varje planta har en skön och unik doft, och närhelst ett Guds barn kommer nära dem utsöndrar de denna doft. Blommor utsöndrar den bästa doften för Guds barn och doften sprider sig till avlägsna platser. Doften blir också förnyad så snart den har utsöndrats.

Livets träds tolv olika frukter har sin egen smak också. När man känner doften från blommorna eller äter från livets träd blir man så upplivad och lycklig att det inte kan jämföras med någonting i den här världen.

Till skillnad från plantorna här på jorden kommer blommorna i himlen le när Guds barn närmar sig dem. De kommer till och med att dansa för sina mästare och människorna kan föra samtal med dem också.

Om någon plockar en blomma blir den inte sårad eller ledsen utan återställd genom Guds kraft. Blomman som plockades kommer att upplösas i luften och försvinna. Frukter som människorna äter kommer också att upplösas i vacker doft och försvinna vid utandningen.

Det finns fyra årstider i himlen och människorna kan njuta av årstidernas förändringar. Man kommer att känna Guds kärlek när man njuter av de olika årstiderna, vår, sommar, höst och vinter. Nu kanske någon frågar, ”Men kommer vi att uppleva sommarens hetta och vinterns kyla till och med i himlen?” Vädret i himlen är dock format så att det passar perfekt för Guds barn att leva i det, och de kommer inte att lida av någon hetta eller kyla. Trots att andliga kroppar inte kan känna kyla eller hetta ens på kalla eller varma platser kan de ändå känna strömningarna från den kalla eller varma luften. Ingen kommer att lida av hett eller kyligt väder i himlen.

På hösten kommer Guds barn njuta av vackra löv som faller, och på vintern kan de betrakta den vita snö. De kommer också att kunna njuta av allt det sköna som är så mycket vackrare än någonting i denna värld. Orsaken till att Gud har gjort fyra årstider i himlen är för att låta Hans barn veta att vadhelst de vill ha står redo för dem i himlen, för dem att njuta av. Det är också ett exempel på Hans kärlek, att Han vill tillfredsställa sina barn när de börjar saknar detta från jorden där de blev kultiverade tills de blev Guds sanna barn.

Himlen är i den fyrdimensionella värld som inte alls kan jämföras med denna värld. Den är full av Guds kärlek och kraft, och har ändlösa aktiviteter och evenemang som man inte ens kan föreställa sig. I kapitel 5 kommer du kommer att få lära dig mer om detta eviga lyckliga livet som varje troende kommer att ha i himlen.

Endast dem vars namn är skrivna i livets bok som tillhör Lammet kommer in i himlen. Som det står skrivet i Uppenbarelseboken 21:6-8 kan endast den som dricker av livets vatten och blir Guds barn få ärva Guds rike.

> *"Han sade också till mig: 'Det har skett. Jag är A och O, Begynnelsen och änden. Åt den som törstar skall jag ge att dricka fritt och för intet ur källan med livets vatten. Den som segrar skall få detta i arv, och jag skall vara hans Gud, och han skall vara min son. Men de fega, de otroende och de skändliga, mördarna, de otuktiga, trollkarlarna, avgudadyrkarna och alla lögnare skall få sin del i sjön som brinner av eld och svavel. Detta är den andra döden.'"*

Det är nödvändigt och människans skyldighet att frukta Gud och hålla Hans bud (Predikaren 12:13). Om du därför inte fruktar Gud eller om du bryter mot Hans ord och fortsätter att synda trots att du vet att du syndar, kan du inte komma in i himlen. Onda män, mördare, trollkarlar, och avgudadyrkare och alla lögnare kommer definitivt inte att komma till himlen. Sådana ignorerar Gud, tjänar demoner, tror på främmande gudar och följer fienden Satan och djävulen.

Även de som ljuger mot Gud och lurar Honom, och talar emot och hädar mot den Helige Ande kommer aldrig att få komma in i himlen. Som jag förklarar i boken *Helvetet* kommer dessa människor lida ett evigt straff i helvetet.

Därför ber jag i Herrens namn om att du inte bara ska acceptera Jesus Kristus och få rätten att bli Guds barn utan också njuta av evig lycka i denna vackra himmel som är lika klar som kristall, genom att följa Guds ord.

Kapitel 2

Edens lustgård och Himlens väntplats

1. Edens lustgård där Adam bodde
2. Människor kultiveras på jorden
3. Himlens väntplats
4. Människor stannar inte kvar på väntplatsen

HERREN Gud
planterade en lustgård i Eden, österut,
och satte där människan som han hade format.
Och HERREN Gud lät alla slags träd
som var ljuvliga att se på och goda att äta av
växa upp ur marken.
Livets träd liksom trädet med kunskap
om gott och ont
satte han mitt i lustgården.

- 1 Mosebok 2:8-9 -

Adam, den första människa som Gud skapade, bodde i Edens lustgård som en levande ande och kommunicerade med Gud. Efter en lång tid begick Adam olydnadens synd genom att äta från trädet med kunskap om gott och ont som Gud hade förbjudit. Det ledde till att hans ande, människans herre, dog. Han drevs ut ur Edens lustgård och blev tvungen att leva på denna jord. Adam och Evas ande dog och kommunikationen med Gud bröts. Så mycket de saknade Edens lustgård nu när de var tvungna att leva på den förbannade marken!

Gud som är allvetande, visste redan på förhand att Adam skulle vara olydig och förberedde Jesus Kristus, och öppnade vägen till frälsning när tiden var inne. Varenda en som blir frälst av tro kommer att ärva himlen som inte ens kan jämföras med Edens lustgård.

Sedan Jesu uppståndelse och himmelsfärd har Han nu förberett en väntplats där de som blir frälsta kan vara ända tills domens dag, och under tiden förbereder Han deras boplatser. Låt oss ta en titt på Edens lustgård och himlens väntplats för att lättare kunna förstå himlen.

1. Edens lustgård där Adam bodde

1 Mosebok 2:8-9 förklarar Edens lustgård. Det var här som den första mannen och kvinnan som Gud skapade brukade bo.

"HERREN Gud planterade en lustgård i Eden,

österut, och satte där människan som han hade format. Och HERREN Gud lät alla slags träd som var ljuvliga att se på och goda att äta av växa upp ur marken. Livets träd liksom trädet med kunskap om gott och ont satte han mitt i lustgården."

Edens lustgård var den plats där Adam, en levande ande, skulle bo, så den måste finnas någonstans i den andliga världen. Var finns då Edens lustgård idag, som var den första människan Adams hem?

Edens lustgårds placering

Gud har på många ställen i Bibeln nämnt "himlar" för att låta oss veta att det finns flera rymder i den andliga världen, bortom himlen som man kan se med blotta ögat. Han använde ordet "himlar" för att få oss att förstå att dessa utrymmen tillhör den andliga världen.

"Se, himlarna och himlarnas himmel, jorden och allt som är på den tillhör HERREN, din Gud" (5 Mosebok 10:14).

"Han har skapat jorden genom sin kraft, han har grundat världen genom sin vishet, och genom sitt förstånd har han spänt ut himlen" [himlarna, eng övers.] (Jeremia 10:12).

"Prisa honom, ni himlars himmel och ni vatten

ovan himlen" (Psaltaren 148:4).

Av detta kan man förstå att "himlar" inte enbart betyder den synliga himlen man kan se med blotta ögat. Den första himlen är där solen, månen och stjärnorna finns, och den andra och tredje himlen som tillhör andevärlden. I 2 Korinterbrevet 12 talar aposteln Paulus om den tredje himlen. Hela himlen, från Paradiset till Nya Jerusalem är den tredje himlen.

Aposteln Paulus hade varit till Paradiset, vilket är platsen för dem som har den minsta tron, och som är beläget längst bort från Guds tron. Där fick han höra hemligheter om himlen. Ändå avslöjade han att han hörde något som "ingen människa får uttala."

Vilken slags andlig värld är den andra himlen? Den är olikt den tredje himlen och det är där som Edens lustgård är beläget. De flesta människor har trott att Edens lustgård finns någonstans här på denna jord. Många bibelvetare och bibelforskare har gjort omfattande arkeologiska utgrävningar och studier i området runt Mesopotamien och kring floderna Eufrat och Tigris i Mellanöstern. Men trots det har de ännu inte hittat någonting. Orsaken till att människor inte kan hitta Edens lustgård här på jorden är för att den är belägen i den andra himlen som tillhör andevärlden.

Den andra himlen är också platsen för de onda andarna som drevs ut ur den tredje himlen efter Lucifers uppror. 1 Mosebok 3:24 säger, *"Han drev ut människan, och öster om Edens lustgård satte han keruberna och det flammande svärdets lågor för att bevaka vägen till livets träd."* Gud gjorde detta för att förhindra att de onda andarna skulle få evigt liv genom att ta sig in i Edens lustgård och äta från livets träd.

Portarna till Edens lustgård

Nu bör du inte tro att den andra himlen ligger över den första himlen och att den tredje himlen ligger över den andra himlen. Man kan inte använda förståelsen och kunskapen från denna tredimensionella värld för att förstå den fyrdimensionella världen och allt över den. Hur är då dessa många himlar strukturerade? Den tredimensionella värld som man ser och de andliga himlarna verkar vara separerade men samtidigt överlappande och sammankopplade. Det finns portar som sammankopplar den tredimensionella världen med andevärlden.

Trots att man inte kan se dem finns det portar som kopplar ihop den första himlen med Edens lustgård i den andra himlen. Det finns också portar som leder till den tredje himlen. Dessa portar är inte belägna högt upp, men för det mesta i höjd med molen som man kan se nedanför ett flygplan.

I Bibeln kan man förstå att det finns portar som går till himlen (1 Mosebok 7:11; 2 Kungaboken 2:11; Lukas 9:28-36; Apostlagärningarna 7:56). När så himlens portar öppnas är det möjligt att fara upp i en annan himmel i andevärlden, och alla som är frälsta av tro kan komma in i den tredje himlen.

Det fungerar på samma sätt med Hades och helvetet. Dessa platser tillhör också andevärlden och det finns portar som leder till dessa platser också. När människor utan tro således dör, hamnar de nere i Hades, vilket tillhör helvetet, eller direkt till helvetet genom dessa portar.

Andliga och fysiska dimensioner samexisterar

Edens lustgård som tillhör den andra himlen, ligger i andevärlden, men den är helt olik den andevärlden i den tredje himlen. Det är inte en komplett andlig värld eftersom den kan samexistera med den fysiska världen.

Med andra ord är Edens lustgård ett mellanstadium mellan den fysiska världen och den andliga världen. Den första människan Adam var en levande ande men han hade ändå en fysisk kropp gjord av stoftet. Adam och Eva var fruktsamma där och utökades i antal och födde barn på samma sätt som vi gör (1 Mosebok 3:16).

Även efter att den första människan Adam åt från trädet med kunskap om gott och ont och blev utdriven ur denna värld lever hans barn som blev kvar i Edens lustgård fortfarande där idag som levande andar, utan att uppleva döden. Edens lustgård är en väldigt fridfull plats där det inte finns någon död. Den styrs av Guds kraft och kontrolleras av de regler och ordningar som Gud har ställt upp. Trots att det inte finns något som skiljer dag och natt förstår Adams efterkommande på ett naturligt sätt när det är tid att vara aktiva, när det är tid att vila osv.

Edens lustgård har också väldigt liknande egenskaper som denna jord. Den är fylld av många växter, djur och insekter. Den har en oändlig och vacker natur men det finns inga höga berg, endast låga höjder. På dessa höjder finns det husliknande byggnader, men människor vilar endast där – de bor inte där.

Semesterort för Adam och hans barn

Den första människan Adam levde under en väldigt lång tid i Edens lustgård och var fruktsam och förökade sig i antal. Eftersom Adam och hans barn var levande andar kunde de fritt komma ner till den här jorden genom portarna i den andra himlen.

Eftersom Adam och hans barn besökte jorden som sitt semesterställe under en lång tid kan man förstå att mänsklighetens historia är väldigt lång. Några misstar historien med de sex tusen år av mänsklig kultivering och tror inte på Bibeln.

Om man studerar de mystiska antika civilisationerna noggrant inser man att Adam och hans barn brukade komma ner till den här jorden. Pyramiderna och Sfinxen i Giza, Egypten, är exempel på Adams och hans barns fotspår som levde i Edens lustgård. Dessa fotspår, som kan ses över hela världen, har blivit konstruerade med mycket högre sofistikerad, avancerad vetenskap och teknologi, som man inte ens med modern vetenskap och kunskap kan återskapa.

Om vi tar pyramiderna till exempel, de innehåller förundransvärda matematiska kalkyleringar, och geometrisk och astronomisk kunskap som man endast kan hitta och förstå genom avancerade studier. De innehåller många hemligheter som man endast kan ana när man vet den exakta konstellationen och universums cykel. Somliga anser att dessa mystiska antika civilisationer är fingeravtryck från utomjordingar från yttre rymden men med Bibeln kan man lösa allt som inte ens vetenskapen kan förstå.

Fotspåren efter Edens civilisation

Adam hade i Edens lustgård en ofattbar hög nivå av kunskap och förmåga. Det var ett resultat av att Gud hade undervisat Adam i den sanna kunskapen och sådan kunskap och förståelse utökades och utvecklades med tiden. Så för Adam, som kände till allt om universum och rådde över jorden, var det aldrig svårt att bygga pyramiderna eller Sfinxen. Eftersom Gud själv hade undervisat Adam visste den första människan mer än var man idag aldrig kommer att kunna veta eller förstå genom modern vetenskap.

En del pyramider byggdes av Adams förmåga och kunskap medan andra byggdes av hans barn, och ytterligare andra av människor på den här jorden som försökte efterlikna Adams pyramider långt senare. Alla dessa pyramider har distinkta teknologiska skillnader. Det beror på att Adam hade en gudagiven auktoritet att råda över hela skapelsen.

Adam levde en väldigt lång tid i Edens lustgård och när tillfälle gavs kom han ner till den här jorden, men drevs ut ur Edens lustgård efter att han hade begått olydnadens synd. Men Gud stängde inte portarna som kopplar ihop jorden med Edens lustgård förrän efter en viss tid.

Adams barn som fortfarande bodde i Edens lustgård, hade frihet att komma ner till jorden, och i det att de började komma oftare, tog de människors döttrar som hustrur (1 Mosebok 6:1-4).

Då stängde Gud portarna i skyn som kopplade ihop jorden med Edens lustgård. Ändå avtog inte resandet helt, men det kom under en strikt kontroll som aldrig förr. Du måste förstå att de flesta mysterier och olösta antika civilisationer är fotspår som Adam och hans barn lämnade under den tid då de i full frihet kunde komma ner till den här jorden.

Mänsklighetens historia och dinosaurierna på jorden

Hur kommer det sig att dinosaurierna levde på jorden men sedan plötsligt blev dog ut? Bara detta är ett viktigt bevis som berättar för oss hur gammal mänsklighetens historia verkligen är. Det är en hemlighet som endast kan lösas av Bibeln.

Faktum är att Gud hade placerat dinosaurierna i Edens lustgård. De var snälla, men drevs ut till den här jorden eftersom de föll i Satans fälla under den period då Adam fritt kunde resa fram och tillbaka till jorden från Edens lustgård. Nu var dinosaurierna, som blivit tvingade att bo på denna jord, tvungna att hela tiden leta efter mat. Tvärtemot den tid då de levde i Edens lustgård, där allt fanns i överflöd, kunde jorden här inte producera tillräckligt med mat för dessa storvuxna dinosaurier. De åt upp all frukt, gröda, och växtlighet och sedan började de äta upp djuren. De höll på att förgöra hela miljön och matkedjan. Slutligen beslutade Gud att Han inte längre kunde ha dinosaurierna på den här jorden, och utrotade dem med eld från ovan.

Många forskare hävdar idag att dinosaurierna levde under en väldigt lång tid här på jorden. De säger att dinosaurierna levde under mer än 160 miljoner år. Men inget kan tillfredsställande förklara hur så många dinosaurier så plötsligt började existera och så plötsligt blev utrotade. Och, om sådana storvuxna dinosaurier hade utvecklats under en lång tid, vad skulle de då ha fortsatt att äta?

Evolutionsteorin menar att innan så många dinosaurier uppträdde fanns det många fler lägre stående levande varelser här, men det finns fortfarande inget levande bevis på det. I allmänhet när det gäller en art eller ett djursläktes utrotande, minskar det först i antal under en tid för att sedan försvinna helt och hållet. Men dinosaurierna försvann dock plötsligt utan förvarning.

Forskare hävdar att det kan ha varit ett resultat av en plötslig väderförändring, ett smittoämne, strålning från en stjärnas explosion, eller en kollision av en stor meteorit med jorden. Om en sådan katastrof var stor nog att döda alla dinosaurier, skulle även alla andra djur och växter ha blivit utrotade. Andra växter, fåglar och däggdjur, lever dock fortfarande än i dag, så det ger egentligen inget stöd till evolutionsteorin.

Till och med innan dinosaurierna kom till den här jorden levde Adam och Eva i Edens lustgård och ibland brukade de komma ner till jorden. Du kan med denna kunskap inse att jordens historia är mycket lång.

Den underbara omgivningen i Edens lustgård

Du ligger bekvämt på sidan på en slätt och njuter av friluftsliv, ljuset sveper sig mjukt kring din kropp. På den blå himlen glider rena, vita moln förbi i olika formationer.

Nedanför sluttningen gnistrar sjön och en lätt bris med underbara dofter från blommorna sveper över dig. Tillsammans med dina nära och kära har du ljuvliga samtal och känner dig lycklig. Ibland lägger du dig ner på gröna ängar eller på en blomsterbädd och känner de ljuvliga dofterna i det att du ömt rör vid blommorna. Du kanske lägger dig i skuggan av ett träd, där det växer stora, läckra frukter, och du äta av frukterna så mycket du vill.

I sjön och i havet finns många färggranna fiskar. Om du vill kan du gå till stranden och njuta av friska vågor och vit sand som skiner i solljuset. Eller, om du önskar, kan du simma som fiskarna.

Förtjusande rådjur, harar och ekorrar med sina vackra, glänsande ögon närmar sig dig och gör söta saker. På en stor slätt leker många djur fridfullt med varandra.

Det här är Edens lustgård, där fullheten av frid och glädje finns. Många människor i den här världen skulle förmodligen vilja lämna sina upptagna liv och ha denna sorts frid och ljuvlighet om än bara för en gång.

Överflödande liv i Edens lustgård

Människorna i Edens lustgård kan äta och ha roligt tillsammans så mycket de vill även och de behöver inte arbeta för att få det. Där finns inga bekymmer, oro, eller ångest. Det är endast fullt av glädje, lycka och frid. Eftersom allt styrs av Guds regler och ordningar kan människorna njuta av evigt liv trots att de inte har arbetat för något.

I Edens lustgård, som har liknande miljö som den på jorden, finns de flesta fysiska naturförhållanden som finns på den här jorden. Men till skillnad från jorden förorenas miljön inte eller förändras med tiden utan hålls ren och vacker.

Trots att människorna i Edens lustgård inte vanligtvis bär kläder känner de ingen skam eller hamnar i äktenskapsbrott eftersom de inte har någon syndfull natur eller någon ondska i sina hjärtan. Det är precis som med en liten baby som leker naken, helt obekymrad och okunnig om vad andra kanske säger eller tycker.

Miljön i Edens lustgård passar människorna så att de inte känner något obehag av att vara nakna. Så underbart det skulle vara eftersom det inte finns några skadliga insekter eller taggar som kan skada huden!

Somliga människor bär kläder. De är ledare över en viss grupp. Det finns ordningar och regler i Edens lustgård också. I en grupp finns det en ledare och medlemmarna lyder och följer honom. Dessa ledare har kläder på sig som de andra inte har men de har bara dessa på sig för att visa sin position, inte för att övertäcka, beskydda eller smycka sig själva.

1 Mosebok 3:8 noterar en temperaturförändring i Edens lustgård: *"Vid kvällsbrisen hörde de HERREN Gud vandra i lustgården. Och mannen och hans hustru gömde sig för HERREN Guds ansikte bland träden i lustgården."* Människor i Edens lustgård hade "kalla" känslor. Men det betyder ändå inte att de svettades under en het dag eller huttrade på en kall dag som man gör här på jorden.

Edens lustgård har också den mest bekväma temperaturen, luftfuktigheten och vind, så det existerar inga obehag orsakade av väderförändringar.

Det finns inte heller dag och natt i Edens lustgård. Den är alltid omgivet av ljuset från Gud Fadern och det känns alltid som dagtid. Människor har tid att vila och de kan skilja på tiden då de ska vara aktiva och då det är dags att vila genom att känna av temperaturförändringarna.

Denna temperaturförändring betyder dock inte att det

drastiskt blir kallt eller varmt så att människorna känner sig kalla eller varma snabbt. Men det gör att det känns bekvämt att vila när det är en svag bris.

2. Människor kultiveras på jorden

Edens lustgård är så vidsträckt att man inte ens kan uppskatta dess storlek. Den är flera miljarder gånger större än denna jord. Under den första himlen med sitt utbredda solsystem och galaxer långt borta lever människor i 70-80 år och det verkar ändlöst. Hur mycket större är då inte Edens lustgård, där människor kan föröka sig i antal utan att se döden?

Trots detta spelar det ingen roll hur vacker, överflödande och stor Edens lustgård är, den kan ändå aldrig jämföras med någon plats i himlen. Till och med Paradiset, som är himlens väntplats, är en mycket vackrare och lyckligare plats. Det eviga livet i Edens lustgård är mycket olikt det eviga livet i himlen.

Genom att se noggrannare in i Guds plan och det som har skett sedan Adam blev utdriven ur Edens lustgård och kultiverats på den här jorden, kan man se hur Edens lustgård skiljer sig från himlens väntplats.

Trädet med kunskap om gott och ont i Edens lustgård

Den första människan Adam kunde äta vad han än ville, råda över hela skapelsen och leva för evigt i Edens lustgård. Ändå befaller Gud människan i 1 Mosebok 2:16-17 *"Och HERREN Gud gav mannen denna befallning: 'Du kan fritt äta av alla träd i lustgården, men av trädet med kunskap om gott och ont skall du inte äta, ty den dag du äter av det skall du döden dö.'"* Trots att Gud hade gett Adam en oerhörd auktoritet att råda över hela skapelsen och en fri vilja förbjöd Han uttryckligen Adam från att äta av frukten från trädet med kunskap om gott och ont. I Edens lustgård finns det många färgglada, vackra och delikata frukter som inte kan jämföras med något här på jorden. Gud satte alla frukter under Adams kontroll så att han kunde äta av dem så mycket han ville.

Frukten från trädet med kunskap om gott och ont var dock ett undantag. Genom detta kan man förstå att trots att Gud redan visste att Adam skulle äta av trädet med kunskap om gott och ont, utelämnade Han inte bara Adam till att begå synden. Många människor misstolkar och tror att Gud planerade att pröva Adam genom att placera trädet med kunskap om gott och ont, men om Gud visste att Adam skulle var olydig skulle Han inte ha befallt honom så starkt. Här ser man att Guds syfte med att placera trädet med kunskap om gott och ont där inte var för att låta Adam äta av det eller för att pröva honom.

Följande går att läsa i Jakobs brev 1:13, *"Ingen som frestas skall säga: 'Det är Gud som frestar mig.' Ty Gud frestas inte av det onda och frestar inte heller någon."* Gud själv festar inte någon.

Varför placerade då Gud trädet med kunskap om gott och ont i Edens lustgård?

Om du kan känna glädje, lycka och vara välmående är det för att du har upplevt den motsatta känslan ledsamhet, olycka och smärta. Om du på samma sätt vet att godhet, sanning och ljus är bra, beror det på att du har upplevt det och vet att ondska, osanning, och mörker är dåligt.

Om du inte har upplevt denna relativitet kan du inte känna i ditt hjärta hur god kärlek, godhet, och lycka är ens om du vet det i huvudet för att du har hört om det.

Kan till exempel en person som aldrig har varit sjuk eller sett någon sjuk veta vad smärta och sjukdom är? En sådan person skulle inte ens veta att det är relativt gott att ha hälsan. Och om en person aldrig har haft några behov, eller ens känt någon med behov, hur skulle han då kunna förstå fattigdom? En sådan person skulle inte känna att det är något speciellt "bra" med att vara rik, oavsett hur rik han är. På samma sätt är det med den som inte har upplevt fattigdom, han kan inte ha en riktigt tacksam attityd från djupet av sitt hjärta.

Om någon inte vet att värdesätta det goda han har, vet han inte värdet av den lycka han njuter av. Men om man har upplevt smärtan i sjukdomen och bördan i fattigdomen, kan man vara tacksam i sitt hjärta för den lycka som kommer av att ha hälsan och vara rik. Av denna orsak placerade Gud trädet med kunskap om gott och ont i Edens lustgård.

Därför fick Adam och Eva, som blev utdrivna ur Edens lustgård, uppleva denna relativitet och på det sättet inse vilken kärlek och välsignelse som Gud hade givit dem. Bara då kunde de bli sanna Guds barn som kunde värdesätta den sanna lyckan och livet.

Men Gud ledde inte Adam in på den vägen med mening. Adam valde med sin fria vilja att vara olydig mot Guds befallning. I Hans egen kärlek och rättfärdighet hade Gud planerat att kultivera mänskligheten.

Guds omsorg med den mänskliga kultiveringen

När människorna i Edens lustgård blev utdrivna därifrån och började kultiveras på denna jord fick de uppleva alla slags lidanden som tårar, sorg, smärta, sjukdom och död. Men det hjälpte dem att kunna få uppleva sann lycka och njuta av evigt liv i himlen med tacksamhet i sina hjärtan.

Att därför göra oss till sina sanna barn genom denna kultivering är endast ett exempel på Guds underbara kärlek och plan. Föräldrar skulle inte tänka att det är slöseri med tid att träna och ibland bestraffa sina barn om det kan åstadkomma en förändring och göra deras barn framgångsrika. Om barnen tror att de i framtiden kan nå högt kommer de ha tålamod och kunna övervinna alla slags svårigheter och hinder.

Om du nu tänker på den sanna lyckan som du kommer att njuta av i himlen kommer det inte kännas svårt eller smärtsamt att genomgå kultiveringen här på jorden. Istället kommer du uppleva en tacksamhet över att kunna leva efter Guds ord eftersom du hoppas på den härlighet som du senare kommer att ta emot.

Vilka kommer då Gud att anse dyrbarare – de som har en äkta tacksamhet till Gud efter att de har upplevt många hårda prövningar på den här jorden, eller människorna i Edens lustgård som inte riktigt uppskattar vad de har trots att de lever på ett sådant underbart sätt och i en sådan överflödande omgivning?

Gud kultiverade Adam som drevs ut från Edens lustgård och kultiverar hans efterkommande på den här jorden för att göra dem till sina sanna barn. När denna kultivering är över och alla hem är redo i himlen kommer Herren tillbaka. Om du får bo i himlen kommer du ha evig lycka eftersom till och med den lägsta nivån i himlen inte ens kan jämföras med skönheten i Edens lustgård.

Därför behöver du förstå Guds omsorg i sin kultivering av mänskligheten och stävan efter att få sanna barn som handlar efter Hans Ord.

3. Himlens väntplats

Alla efterkommande till Adam, som var olydig mot Gud, är förutbestämda till att dö en gång, och efter det kommer den stora domen (Hebreerbrevet 9:27). Människans ande är emellertid odödlig så de kommer antingen komma till himlen eller helvetet.

Men de kommer inte att komma direkt till himlen eller helvetet utan vara i himlens eller helvetets väntplats. Hur är den himmelska väntplatsen där Guds barn kommer att vara?

Ens ande lämnar kroppen till slut

När en person dör lämnar anden kroppen. Efter döden kommer den som inte känt till detta att bli väldigt förvånad när man ser sig själv ligga ner. Även om man är troende, kommer det att kännas underligt att ens ande har lämnat kroppen.

Om man går in i den fyrdimensionella världen från denna tredimensionella värld som vi lever i just nu, är allt helt annorlunda. Kroppen känns tyngdlös och det känns som om man flyger. Ändå har man inte obegränsad frihet ens när anden har kommit ut ur kroppen.

Precis som fågelungar inte kan flyga direkt trots att de är födda med vingar behöver man fortfarande tid att vänja sig vid den andliga världen och lära sig det grundläggande.

De som dör med tro på Jesus Kristus förs med två änglar till den Övre Graven. Där får de lära sig om livet i himlen från änglarna och profeterna.

Om du läser Bibeln inser du att det finns två slags gravar. Trons förfäder som Jakob och Job sa att de skulle gå till graven efter att de dött (1 Mosebok 37:35, Job 7:9). Kora och hans grupp som motsatte sig Mose, en gudsman, föll ner i graven levande (4 Mosebok 16:33).

Lukas 16 visar en rik man och en tiggare vid namn Lasarus som hamnade i gravarna efter att de hade dött och man inser att de inte befinner sig i samma "grav." Den rike mannen lider så mycket i elden medan Lasarus vilar vid Abrahams sköte långt borta.

Det finns på samma sätt en grav för dem som är frälsta och en annan grav för dem som inte är frälsta. Graven som Kora och hans män, och den rike mannen hamnade i är Hades som tillhör helvetet, men graven som Lasarus hamnade i är den Övre Graven som tillhör himlen.

Tre dagars uppehåll i den Övre Graven

De som blev frälsa under det Gamla Testamentets tid väntade i den Övre Graven. Eftersom Abraham, trons förfader, var i ledande ställning i den Övre Graven, hamnade tiggaren Lasarus vid Abrahams sköte i Lukas 16. Men efter att Herren uppstod och återvände till himlen hamnar inte de som blir frälsta längre i den Övre Graven, vid Abrahams sköte, längre. De stannar i den Övre Graven under tre dagar och går sedan in i Paradiset. Det betyder att de kommer att vara med Herren i himlens väntplats.

Som Jesus sa i Johannes 14:2, *"I min Faders hus finns många rum. Om det inte vore så, skulle jag då ha sagt er att jag går bort för att bereda plats åt er?"* har Han sedan sin uppståndelse och himmelsfärd förberett en plats för varje troende. Eftersom Herren började förbereda plats för Guds barn, har de som blivit frälsta fått vänta i en väntplats i himlen, någonstans i Paradiset.

Somliga undrar hur så många frälsta människor sedan skapelsen kan leva i Paradiset, men det finns ingen anledning till oro. Till och med det solsystem som denna jord ingår i är endast en liten prick jämfört med galaxen. Hur stor är då galaxen? Om man jämför med hela universum är galaxen endast en liten prick. Hur stort är då universum?

Detta universum är också bara ett av många, så det är omöjligt att tänka sig hur stort allt är. Om denna fysiska värld är så stor, hur mycket större skulle då inte den andliga världen kunna vara?

Himlens väntplats

Vad för slags plats är då himlens väntplats där de som blivit frälsta hamnar efter att de har fått tre dagars återhämtning i den Övre Graven?

När man ser underbara vackra vyer utbrister man, "Detta är paradiset på jorden," eller "Det är som Edens lustgård!" Edens lustgård kan dock inte jämföras med något av det vackra i denna värld. Människor i Edens lustgård lever ett underbart drömliv fyllda med lycka, frid och glädje. Ändå verkar det bra för människor på den här jorden, men när man kommer till himlen kommer den tanken på ett ögonblick att försvinna.

Precis som Edens lustgård inte kan jämföras med denna jord, kan inte heller himlen jämföras med Edens lustgård. Det finns en grundläggande skillnad mellan lyckan i Edens lustgård som tillhör den andra himlen, och lyckan på väntplatsen i Paradiset i den tredje himlen. Det beror på att människorna i Edens lustgård inte riktigt är Guds sanna barn vars hjärtan har blivit kultiverade.

Låt mig ge dig ett exempel som kan hjälpa dig att förstå detta bättre. Innan elektriciteten fanns brukade man i Korea använda fotogenlampor. Dessa lampor gav sånt dunkelt sken jämfört med dagens elektricitet, men ändå var det så värdefullt när det var mörkt på natten. I det att man utvecklade och lärde sig att använda elektricitet har Korea fått elektriskt ljus. För dem som var vana att använda fotogenlampor blev det en sådan enorm skillnad och de blev häpna och tagna av elektricitetens ljusstyrka.

Om man säger att denna jord är fylld med kompakt mörker utan något ljus kan man säga att Edens lustgård är den plats där de har fotogenlampor, och himlen är den plats som har elektriskt ljus. Precis som fotogenljus och elektriskt ljus skiljer sig så totalt trots att de båda är ljus, är himlens väntplats så totalt annorlunda jämfört med Edens lustgård.

Väntplatsen är lokaliserad i utkanten av Paradiset

Himlens väntplats är lokaliserat i utkanten av Paradiset. Paradiset är den plats för dem med minst tro och ligger längst bort från Guds tron. Det är en väldigt stor plats.

De som väntar i utkanten av Paradiset lär sig andlig kunskap från profeterna. De lär sig om den treenige Guden, himlen, de andliga lagarna etc. Denna kunskap är helt obegränsad, så det finns inget slut på lärandet. Att lära sig om andliga ting blir aldrig tråkigt eller svårt som studier på jorden kan vara. Ju mer man lär sig, desto mer aha-upplevelser och överraskad blir man, så det kommer att upplevas som något välgörande.

Till och med på den här jorden kan de som har rena och ödmjuka hjärtan kommunicera med Gud och få andlig kunskap. En del av dem får se in i andevärlden eftersom deras andliga ögon är öppnade. En del kan också förstå andliga ting genom den Helige Andes inspiration. De kan lära sig om tron och om hur man får bönesvar, så att de till och med i denna fysiska värld kan uppleva Guds kraft som tillhör det andliga.

Om du har möjlighet att lära dig om andliga ting och uppleva detta i denna fysiska värld kommer du att bli mer energisk och glad. Så oerhört mycket mer fylld av glädje och lycka du blir då du får lära dig andliga ting på djupet i den himmelska väntplatsen!

Höra nyheterna om denna värld

Vilket slags liv njuter människorna i himlens väntplats av? De upplever sann frid och väntar på att få komma till sina eviga hem i himlen. De saknar ingenting, njuter av lycka och är upprymda. De slösar inte bort sin tid utan fortsätter att lära sig mycket från änglarna och profeterna.

De har också utsedda ledare och lever i ordning. Det är förbjudet att komma ner till den här jorden så de är alltid nyfikna på vad som händer här. De är inte nyfikna om det världsliga men om det som har med Guds rike att göra som till exempel, "Hur går det med församlingen som jag tjänade?" "Hur mycket har församlingen uppnått av dess uppgifter?" och "Hur går det med världsmissionen?"

De fylls alltid med glädje när de hör nyheterna om den här världen från änglarna som kommer ner till den här jorden eller genom profeterna i Nya Jerusalem.

Gud uppenbarade något för mig en gång om några av mina församlingsmedlemmar som just nu befinner sig i himlens väntplats. De ber på olika platser och väntar på att höra nyheterna om min församling. De är speciellt intresserade av uppgiften som givits till min församling, vilket är världsmission och att bygga den Stora Helgedomen. De blir väldigt lyckliga närhelst de hör goda nyheter. När de hör nyheterna om att Gud förhärligas genom våra kampanjer utomlands blir de upprymda och tillfreds att de ställer till med fest.

På så sätt spenderar människor i himlens väntplats sin tid på ett lyckligt och upprymt sätt och ibland får de höra nyheter om den här jorden.

Strikt ordning i himlens väntplats

Människor med olika trosnivåer som senare kommer att komma in på olika platser i himlen efter domens dag, hamnar först i himlens väntplats, och ordningen hålls strikt. Människor som hade mindre tro kommer att visa sin respekt till dem med större tro genom att böja sina huvuden. Andlig ordning är inte bestämd efter positionerna som man har haft i den här världen, utan efter personers helgelse och trofasthet till sina gudagivna uppgifter.

På det här sättet hålls ordningen strikt eftersom Guds rättfärdighet råder i himlen. Eftersom denna ordning bestäms baserat på ljusets klarhet, nivån av godhet, och hur stor kärlek varje troende har kan ingen klaga. I himlen lyder alla den andliga ordningen eftersom det inte finns någon ondska i tankarna på dem som har blivit frälsta.

Denna ordning och olika slags härligheter är inte tänkt att tvinga fram lydnad. Den kommer naturligt utifrån kärleken och respekten i sanna och uppriktiga hjärtan. I himlens väntplats respekterar man därför dem som kommit längre i sina hjärtan och visar respekt genom att böja sina huvuden eftersom man på ett naturligt sätt känner den andliga skillnaden.

4. Människor stannar inte kvar på väntplatsen

Alla människor som efter domens dag kommer att komma in på respektive platser i himlen är för närvarande i utkanten av Paradiset, i himlens väntplats. Det finns dock några undantag. De som är på väg till Nya Jerusalem, den vackraste platsen i himlen, kommer att komma direkt in i Nya Jerusalem och kunna hjälpa till med Guds verk. Dessa människor, som har Guds hjärta som är lika klart och vackert som kristall, lever i Guds speciella kärlek och omsorg.

De kommer att hjälpa till med Guds verk i Nya Jerusalem

Var är våra förfäder i tro, de som helgades och blev betrodda i hela Guds hus som Elia, Hanok, Abraham, Mose och aposteln

Paulus just nu? Är de också i utkanten av Paradiset, himlens väntplats? Nej. Eftersom dessa människor helt och hållet blivit helgade och fullständigt efterliknar Guds hjärta är de redan i Nya Jerusalem. Men på grund av att domen ännu inte har ägt rum kan de ännu inte få sina tilltänkta, eviga boplatser.

Var i Nya Jerusalem bor de? I Nya Jerusalem, som är 900 mil i omkrets, finns det ett par andliga rymder med olika dimensioner. Det finns en plats för Guds tron, några platser där hus blir byggda, och andra platser där våra förfäder i tron som redan har kommit till i Nya Jerusalem arbetar med Herren.

Våra förfäder i tron bor redan i Nya Jerusalem och längtar efter den dag då de kommer att komma till sina eviga boplatser medan de hjälper till med Guds verk tillsammans med Herren för att förbereda våra boplatser. De längtar väldigt mycket efter att komma till sina eviga hus eftersom de endast kan komma dit efter Jesu Kristi andra tillkommelse i skyn, den sjuåriga bröllopsfesten, och tusenårsriket på denna jord.

Aposteln Paulus, fylld med ett himmelskt hopp uttryckte sig så här i 2 Timoteus brev 4:7-8:

> *"Jag har kämpat den goda kampen, jag har fullbordat loppet, jag har bevarat tron. Nu ligger rättfärdighetens segerkrans i förvar åt mig. Den skall Herren, den rättfärdige domaren, ge åt mig på den dagen, och inte bara åt mig utan åt alla som älskar hans återkomst."*

De som kämpar den goda kampen och hoppas på Herrens återkomst har ett definitivt hopp om denna plats och belöningen i himlen. Din tro och ditt hopp kan växa till denna nivå om du får veta mer om andevärlden, och det är därför som jag i detalj förklarar himlen.

Edens lustgård i den andra himlen och väntplatsen i den tredje himlen är fortfarande mycket vackrare än denna värld men inte ens dessa platser kan jämföras med Nya Jerusalems härlighet och utsmyckning, där Guds tron står.

Därför ber jag i Herrens namn att du inte bara ska löpa mot Nya Jerusalem med den sorts tro och hopp som aposteln Paulus hade, utan också leda många själar till frälsningsvägen genom att sprida evangeliet även om den uppgiften kräver ditt liv.

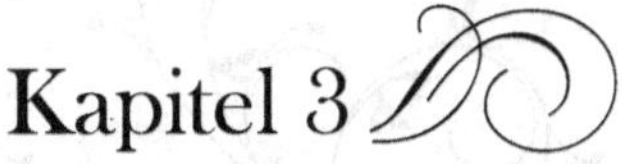

Kapitel 3

Den sjuåriga bröllopsfesten

1. Jesu återkomst och den sjuåriga bröllopsfesten
2. Tusenårsriket
3. Himlen belönad efter domens dag

Salig och helig är den
som har del i den första uppståndelsen.
Över dem har den andra döden
inte någon makt,
utan de skall vara Guds och Kristi präster
och regera med honom i tusen år.

- Uppenbarelseboken 20:6 -

Innan du tar emot din belöning och börjar leva ett evigt liv i himlen måste du gå igenom domen inför den vita tronen. Innan den stora domens dag, kommer Herrens ankomst på skyarna, den sjuåriga bröllopsfesten, Herrens återkomst till jorden, och tusenårsriket att äga rum.

Allt detta har Gud förberett för att uppmuntra sina älskade barn som har bevarat tron här på jorden, och låta dem få en försmak av himlen.

Därför kommer de som tror på Herrens andra ankomst och har ett hopp om att möta Honom som är vår brudgum, att se fram emot den sjuåriga bröllopsfesten och tusenårsriket. Guds ord nerskrivet i Bibeln är sant och alla profetior uppfylls i dessa dagar.

Du behöver vara en vis troende och försöka göra ditt bästa för att förbereda dig som Hans brud och förstå att om du inte vakar och lever efter Guds ord kommer Herrens dag att komma över dig likt en tjuv och du kommer att hamna i döden.

Låt oss ta en detaljerad titt på allt det underbara som Guds barn kommer att uppleva innan de kommer in i himlen som är lika klar och vacker som kristall.

1. Jesu återkomst och den sjuåriga bröllopsfesten

Aposteln Paulus skriver i Romarbrevet 10:9, *"Om du därför med din mun bekänner att Jesus är Herren och i ditt hjärta tror att Gud har uppväckt honom från de döda, skall du bli frälst."* För att kunna få frälsningen behöver du inte bara bekänna Jesus som din Frälsare utan också tro i ditt hjärta att Han dog och uppstod från de döda.

Om man inte tror på Jesu uppståndelse kan man inte heller tro att man själv kommer att uppstå vid Herrens återkomst. Man kommer inte ens att kunna tro på Herrens återkomst. Om man inte kan tro på att himlen och helvetet existerar kommer man inte att få styrka till att leva efter Guds ord, och inte heller få frälsningen.

Det kristna livets slutgiltiga mål

Det står i 1 Korinterbrevet 15:19, *"Om vi i detta livet sätter vårt hopp endast till Kristus, och han inte har uppstått, då är vi de mest beklagansvärda av alla människor."* Till skillnad från de icke-troende i världen kommer Guds barn till kyrkan, går på mötena, och tjänar Herren på många olika sätt varje söndag. För att kunna leva efter Guds ord fastar de ofta, och ber uppriktigt i kyrksalen på tidiga morgonen eller sent på natten, även då de egentligen behöver vila.

De söker inte heller egna förmåner utan tjänar andra och offrar sig själva för Guds rike. Om det därför inte skulle finnas någon himmel skulle dessa trogna människor vara de mest beklagansvärda av alla. Ändå är det säkert att Herren kommer tillbaka för att hämta dig till himlen och Han håller på att förbereda en underbar plats för dig. Han kommer att belöna dig efter vad du har sått och gjort i den här världen.

Jesus säger i Matteus 16:27, *"Människosonen skall komma*

i sin Faders härlighet med sina änglar, och då skall han löna var och en efter hans gärningar." Här betyder "löna var och en efter hans gärningar" endast att komma antingen till himlen eller till helvetet. Även bland de troende som kommer till himlen kommer belöningarna och härligheten som ges till dem vara olika efter hur de har levt i den här världen.

Somliga tar illa upp eller räds över att höra att Herren snart kommer tillbaka. Men om man verkligen älskar Herren och har ett hopp om himlen är det naturligt att man längtar och väntar på att få träffa Herren så snart som möjligt. Om man bekänner med sina läppar, "Herre, jag älskar dig," men ogillar eller till och med räds att höra att Herren snart kommer tillbaka, kan man inte riktigt säga att man älskar Herren.

Se därför till att du med glädje kan ta emot Herren som din brudgum genom att i ditt hjärta se fram emot Hans återkomst och förbereda dig själv som en brud.

Herrens andra ankomst på skyarna

Det står skrivet i 1 Tessalonikerbrevet 4:16-17, *"Ty Herren skall själv stiga ned från himmelen, och ett maktbud skall ljuda, en överängels röst och en Guds basun. Och först skola de i Kristus döda uppstå; sedan skola vi som då ännu leva och hava lämnats kvar bliva jämte dem bortryckta på skyar upp i luften, Herren till mötes; och så skola vi alltid få vara hos Herren."* [1917 års översättning].

När Herren kommer tillbaka på skyarna kommer varje Guds barn bli förvandlad till en andlig kropp och ryckas upp på skyar för att möta Herren. Det finns människor som har blivit frälsta och som har dött. Deras kroppar är begravda men deras andar väntar i Paradiset. Vi talar om dessa människor som "avsomnade i Herren." Deras andar kommer att förenas med deras andliga kroppar som har blivit förvandlade från att ha varit gamla och begravda kroppar. Efter dem kommer de som har tagit emot Herren utan att ha sett döden ännu förvandlas till andliga kroppar och ryckas upp i skyn.

Gud kommer att ha en bröllopsfest i skyn

När Herren återvänder på skyarna kommer alla som har blivit frälsa sedan skapelsens början möta Herren som sin brudgum. Då kommer Gud inleda den sjuåriga bröllopsfesten för att trösta sina barn som har blivit frälsta genom tro. De kommer med säkerhet att få ta emot belöningar i himlen för sina gärningar senare, men just nu håller Gud denna fest i skyn för att trösta alla sina barn.

Om en general till exempel återvänder med stor seger, vad gör kungen då? Han ger generalen många belöningar för det utomordentliga arbetet. Kungen kanske ger honom ett hus, mark, penninggåva, och ställer till med fest för att kompensera honom för hans tjänst.

På samma sätt ger Gud sina barn en plats att bo på och belöningar i himlen efter domens dag men innan dess håller Han en stor bröllopsfest för att låta sina barn ha det trevligt och dela deras glädje. Trots att varenda en har gjort olika mycket för Guds rike i den här världen håller Han denna fest för att de alla har blivit frälsta.

Var är då denna ”sky” där den sjuåriga bröllopsfesten kommer att hållas? ”Skyn” här handlar inte om de synliga molnen som man kan se med blotta ögat. Om denna ”sky” skulle vara den himmel som man ser med sina ögon skulle alla dem som är frälsta behöva ha festen hängandes i skyn. Det måste också vara så många människor som har blivit frälsta sedan skapelsen att alla inte skulle kunna få plats i denna jords himmel.

Festen kommer också att ha planerats och förberetts in i minsta detalj eftersom Gud själv vill hålla den för att låta sina barn få ha det trevligt. Det är en plats som Gud har förberett en längre tid. Denna plats är de ”skyarna” som Gud har förberett för den sjuåriga bröllopsfesten och denna plats ligger i den Andra Himlen.

”Skyar” tillhör den Andra Himlen

Efesierbrevet 2:2 talar om tiden då man levde ”... *på den här världens vis och följde härskaren över luftens välde, den ande som nu är verksam i olydnadens söner.*” Så skyarna är även en plats där onda andar har auktoritet.

Men den plats där den sjuåriga bröllopsfesten och den plats där de onda andarna finns är inte densamma. Både ”skyarna” och ”luften” [på engelska, ett ord ”air,” övers. anm.] tillhör den Andra Himlen. Den Andra Himlen är inte en enda plats utan är uppdelad i olika områden vilket innebär att platsen för bröllopsfesten och platsen där de onda andarna finns är åtskilda.

Gud gjorde en ny andlig sfär som kallas Andra Himlen av en bit av hela andevärlden. Sedan delade Han upp den i två områden. Den ena är Eden, vilket är området med ljuset som tillhör Gud, och det andra området är mörkret som Gud har gett åt de onda andarna.

Gud skapade först Edens lustgård där Adam skulle vara tills den mänskliga kultiveringen startade, österut i Eden. Gud tog Adam och satte honom i denna lustgård. Gud har givit mörkrets område till de onda andarna och tillåtit dem att vara där. Mörkrets område och Eden är strikt åtskilda.

Platsen för den sjuåriga bröllopsfesten

Var kommer då den sjuåriga bröllopsfesten att hållas? Edens lustgård är endast en del av Eden, och det finns många andra delar av Eden. I en del har Gud utsett platsen för den sjuåriga bröllopsfesten. Där finns underbart vackra blommor och träd. Ljuset från klara färger skiner och det är så vackert att ord inte räcker till för att beskriva det och naturen runt omkring är så ren.

Området är så vidsträckt att alla som har blivit frälsta sedan skapelsen kommer att kunna fira tillsammans. Det finns ett stort slott där och det är stort nog att hysa alla som inbjudits till festen. Festen kommer att hållas i detta slott och det blir en oerhört lycklig tillställning. Nu vill jag ta med dig in på slottet för den sjuåriga bröllopsfesten. Jag hoppas att du kan känna lyckan av att vara Herrens brud, som är festens hedersgäst.

Möta Herren på en skön och ljuvlig plats

När du kommer till festsalen finner du ett sådant glänsande rum med klart ljus som du aldrig har sett förut. Det känns som om din kropp blivit lättare än fjädrar. När du mjukt landar på det gröna gräset ser du först inte omgivningarna på grund av det enormt starka ljuset som bländar dig. Du ser en himmel och en sjö som är så klar och ren att du tror du ser i syne. Denna sjö skiner som juveler när de utstrålar sina underbara färger vid varje vågskvalp.

De fyra sidorna är fulla av blommor och grönt trä som innesluter hela området. Blommor vajar fram och tillbaka som om de vinkade till dig och du kan känna doften av en tjock, skön och ljuvlig doft som du aldrig någonsin har upplevt förut. Snart börjar fåglar i mångfald komma och välkomna dig med sin sång. I sjön, som är så klar att du kan se under ytan, ser du förtjusande vackra fiskar som sticker upp över ytan för att välkomna dig.

Till och med gräset som du står på är mjukt som bomull. Vinden gör att dina kläder mjukt fladdrar kring dig. Just i den stunden möts du av ett stark ljus och du kan se en person stå mitt i ljuset.

Herren kramar om dig och säger, ”Min brud, Jag älskar dig.”

Med ett mjukt leende kallar Han på dig att komma till Honom med sina armar vidöppna. När du kommer till Honom blir Hans ansikte tydligt för dig. Du ser in i Hans ansikte för första gången men du vet mycket väl vem Han är. Han är Herren Jesus, din brudgum, som du älskar och har längtat efter att träffa under en sådan lång tid. Nu börjar tårar rinna nerför dina kinder. Du kan inte få dem att sluta eftersom du påminns om den tid du kultiverades här på jorden.

Nu kan du se Herren ansikte mot ansikte genom vilken du kunde övervinna i den här världen till och med i de svåraste situationerna och när du mötte många förföljelser och prövningar. Herren kommer till dig, kramar om dig och säger till dig, "Min brud, Jag har väntat på den här dagen. Jag älskar dig."

När du hör detta flödar tårarna ännu mer. Då torkar Herren mjukt bort dina tårar och håller dig ännu närmare. När du ser in i Hans ögon känner du Hans hjärteslag. "Jag känner allt om dig. Jag vet om dina tårar och smärtor. Här kommer det bara vara lycka och glädje."

Hur länge har du längtat efter den här stunden? När du är i hans armar känner du fullständig frid, och glädje, och överflöd omsluter hela din kropp.

Då börjar du höra en stilla, djup och vacker lovsång. Då tar Herren dig vid handen och leder dig till den plats där lovsången kommer från.

Bröllopsfestens sal är full av färgglada ljus

En stund senare ser du ett praktfullt, skinande slott som är så magnifikt och fantastiskt. När du står framför porten till slottet öppnas den försiktigt och det skinande ljuset från slottet hittar ut. När du går in i slottet med Herren, som om du drogs in i ljuset, ser du en stor sal som är så stor att du inte ser dess slut. Salen är dekorerad med de vackraste utsmyckningarna och är full av vackert skimrande ljus.

Ljudet av lovsång hörs tydligare nu och det sprider sig mjukt i salen. Då kungör Herren att bröllopsfesten är invigd med en rungande röst. Den sjuåriga bröllopsfesten startar och det känns som om det utspelar sig i en dröm.

Känner du lyckan i denna stund? Självklart kan inte alla som är på festen vara med Herren på detta sätt. Endast de som har de rätta kvalifikationerna kan följa Honom på nära håll och bli omfamnad av Honom.

Därför borde du förbereda dig själv som en brud och få del av gudomlig natur. Trots att inte alla kan hålla Herrens hand kommer alla att känna samma lycka och fullhet.

Glädja sig av lyckliga ögonblick med sång och dans

När bröllopsfesten har börjat sjunger du och dansar med Herren, och firar Gud Faderns namn. Du dansar med Herren och talar om tiden på den här jorden, och om himlen där du kommer att bo.

Du talar också om Gud Faderns kärlek och ger Honom äran. Du kan ha underbara samtal med människor som du har velat träffa under lång tid.

Medan du njuter av frukten som smälter i din mun och dricker av Livets Vatten som flödar från Faderns tron fortsätter festen. Du behöver dock inte hålla dig inne i slottet under alla sju år. Då och då går du ut och har det trevligt utanför.

Vad är det för roliga aktiviteter och tillställningar som väntar på dig utanför slottet? Du kan njuta av den vackra naturen och göra dig vän med träden, blommorna och fåglarna. Du kan ta promenader med människor du älskar på vägar smyckade med vackra blommor, tala med dem och ibland prisa Herren med lovsång och dans. Det finns också många andra saker du kan göra på den stora öppna platsen. Man kan till exempel åka ut med båt på sjön med sina älskade vänner eller med Herren själv. Man kan simma eller ha trevligt med olika nöjen, tillställningar, tävlingar och spel. Alla saker som Gud har försett med sin detaljerade omsorg och kärlek ger dig en obeskrivlig glädje och välbehag.

Under den sjuåriga bröllopsfesten slocknar ljuset aldrig. Eden är givetvis en plats av ljus där det inte finns någon natt. I Eden behöver man inte sova eller vila som man gör här på jorden. Oavsett hur mycket du njuter av blir du aldrig trött utan istället blir du mer upplivad och lycklig.

På grund av detta kommer du inte känna hur tiden går och de sju åren kommer att passera som om de vore sju dagar, eller till och med sju timmar. Även om det finns några av dina föräldrar, barn eller syskon som inte har blivit uppryckta och som lider under den stora vedermödan går tiden så fort med all glädje och lycka att du inte ens kommer att tänka på dem.

Tacka mer för att du har blivit frälst

Människorna i Edens lustgård och gästerna på bröllopsfesten kan se varandra men inte besöka varandra. Även de onda andarna kan se bröllopsfesten och du kan också se dem. De onda andarna kan naturligtvis inte ens tänka tanken att närma sig festens område men du kan ändå se dem. När de ser festen och gästernas lycka lider de onda andarna enormt. För dem är det en obeskrivlig smärta att inte lyckats få ytterligare en person till helvetet och istället behöva ge upp människor till Gud som Hans barn.

När du ser de onda andarna blir du påmind om hur mycket de försökte uppsluka dig som ett rytande lejon medan du blev kultiverad på jorden.

Då kommer du att bli ännu mer tacksam till Gud Fadern och Herren för nåden, och till den Helige Ande som beskyddat dig från mörkrets makter och lett dig till att bli ett Guds barn. Du kommer också att bli mer tacksam till dem som hjälpte dig på livets väg.

Den sjuåriga bröllopsfesten är på detta sätt inte bara en tid för vila och tröst efter att ha genomlidit kultiveringen på jorden utan också en tid att komma ihåg jordelivet och bli ännu mer tacksam för Guds kärlek.

Man tänker också på det eviga livet i himlen som kommer att bli ännu mer njutbart än den sjuåriga bröllopsfesten. Lyckan i himlen kan inte jämföras med den under den sjuåriga bröllopsfesten.

Den sjuåriga vedermödan

Medan den lyckliga bröllopsfesten hålls i skyn är det en sjuårig vedermöda här på jorden. På grund av dess storlek och omfattning, som aldrig tidigare har ägt rum och som aldrig kommer att ske, kommer mycket av jorden bli förgjord och de flesta människorna lämnas att dö.

Det kommer förstås att bli så att somliga blir frälsta i det som kallas ”sista-minuten frälsning.” Det kommer att finnas många kvarlämnade på jorden efter Herrens Återkomst eftersom de inte trodde alls, eller för att de inte trodde ordentligt. Ändå kan de som omvänder sig under den sjuåriga vedermödan och blir martyrer bli frälsta. Det kallas ”sista-minuten frälsningen.”

Att bli en martyr under den sjuåriga vedermödan är dock

inte lätt. Även om man beslutar sig för att bli en martyr i början kommer de flesta ändå förneka Herren på grund av den hemska tortyren och förföljelser som kommer från Antikrist som tvingar dem att ta emot märket "666."

De kommer att kraftigt vägra att ta emot märket eftersom när man en gång har tagit emot det kommer man att tillhöra Satan. Ändå är det allt annat än lätt att stå ut med den extremt smärtsamma tortyren.

Även om någon lyckas övervinna tortyren blir det ändå oerhört svårt att se sina älskade familjemedlemmar bli torterade. Det är därför det kommer att vara väldigt svårt att bli frälst i denna "sista-minuten frälsningen." Dessutom kan människorna inte ta emot hjälp från den Helige Ande under den här tiden, vilket också kommer att göra det svårare att bevara tron.

Därför är det min förhoppning att ingen läsare ska behöva gå igenom den sjuåriga vedermödan. Orsaken till att jag beskriver den sjuåriga vedermödan är för att låta dig få veta om de händelser som finns nedskrivna i Bibeln och som kommer att ske i den sista tiden på ett väldigt precist sätt.

Jag skriver också för dem som kommer att bli lämnade kvar på jorden efter att Guds barn har ryckts upp i skyn. Medan sanna troende har ryckts upp bland molnen till den sjuåriga bröllopsfesten, kommer den sjuåriga vedermödan att ske på jorden.

Martyrer får "sista-minuten frälsningen"

Efter Herrens återkomst på skyarna kommer somliga av dem som inte rycktes upp att omvända sig från sin oordentliga tro på

Jesus Kristus.

Det som leder dem till "sista-minuten frälsningen" är Guds ord som predikas i församlingarna som visar Guds kraftgärningar på ett fantastiskt sätt i den sista tiden. De kommer att veta hur man blir frälst, vad som kommer att ske och hur de ska reagera gentemot dessa världshändelser som Guds ord profeterar om.

Det kommer att finnas människor som verkligen omvänder sig inför Gud och blir frälsta genom att bli martyrer. Det är den så kallade "sista-minuten frälsningen." De kommer känna till "Budskapet om Korset" och förstå att Jesus, som de inte ansåg vara Messias, verkligen är Guds Son och mänsklighetens Frälsare. Då kommer de att omvända sig och få del av den "sista-minuten frälsningen." De kommer att samla ihop sin tro tillsammans och en del av dem kommer lära känna Guds hjärta och bli martyrer för att bli frälsta.

På grund av detta är tydligt skrivna förklaringar om Guds ord inte bara till hjälp för att utöka mångas tro, de spelar också en väldigt viktig roll för dem som inte har rycks upp på skyarna. Därför behöver du inse Guds förundransvärda kärlek och barmhärtighet som har förberett allt för dem som blir frälsta till och med efter Herrens återkomst på skyarna.

2. Tusenårsriket

Bruden som har avslutat den sjuåriga bröllopsfesten kommer att komma ner till den här jorden och regera med Herren under ett tusen år (Uppenbarelseboken 20:4). När Herren kommer tillbaka till jorden kommer Han att rensa upp den. Först kommer han att rena luften och sedan kommer Han göra hela naturen vacker.

Besöka hela den nystädade jorden

Precis som nygifta åker på smekmånad kommer du att åka på resor med Herren din brudgum under tusenårsriket efter den sjuåriga bröllopsfesten. Vilka platser skulle du mest av allt vilja besöka?

Guds barn, Herrens brud, kommer att vilja besöka den här jordens alla platser eftersom de snart kommer att behöva lämna den. Gud kommer att flytta allt i den Första Himlen som till exempel jorden där den mänskliga kultiveringen skedde, solen, och månen till andra platser efter tusenårsriket.

Efter den sjuåriga bröllopsfesten kommer Gud Fadern att möblera om på jorden på ett oerhört vackert sätt och låta dig regera med Herren under tusen år innan Han flyttar bort den. Detta är en planerad process i Guds försyn att Han skapade allt i himlen och på jorden under sex dagar och vilade på den sjunde. Det är också för att du inte ska känna saknad över att lämna jorden som Han låter dig regera med Herren under tusen år. Du kommer ha en underbar regeringstid med Herren under tusen år på denna vackra ommöblerade jord. När du besöker alla platser som du inte kunde besöka under din tid på jorden fylls du av en lycka och glädje som du aldrig har känt förut.

Regera i tusen år

Under den här tiden finns inte fiende Satan eller djävulen.

Precis som det var i Edens lustgård kommer det endast att finnas frid och vila i underbara omgivningar. De som har blivit frälsta kommer tillsammans med Herren att vara här på jorden men de kommer inte att bo tillsammans med köttsliga människor som överlevde den stora vedermödan. De frälsta människorna och Herren kommer bo på avskilda platser som till exempel kungliga palats och slott. Med andra ord kommer de andliga att bo i slotten och de köttsliga utanför eftersom andliga och köttsliga kroppar inte kan bo på samma plats.

Andliga människor kommer redan att ha blivit förvandlade till andliga kroppar och ha evigt liv. Det innebär att de kan känna de underbara dofterna från blommorna, och ibland äta tillsammans med köttsliga människor när de möter varandra. Dock kommer de inte att ha samma avfall som köttsliga människor när de har ätit. Trots att de äter fysisk mat kommer avfallet ut genom utandningsluften.

Köttsliga människor kommer att koncentrera sig på att utökas i antal eftersom det inte är många som har överlevt den sjuåriga vedermödan. På den här tiden kommer det inte att finnas några sjukdomar eller ondska eftersom luften är klar och fienden Satan och djävulen inte kommer att finnas där. Eftersom fienden Satan och djävulen som kontrollerar all ondska är fängslade i avgrunden, kommer den orättfärdiga och onda naturen i människan inte ha något inflytande (Uppenbarelseboken 20:3). Och eftersom det inte finns någon död kommer jorden på nytt att uppfyllas av människor.

Vad kommer köttsliga människor att äta då? När Adam och Eva bodde i Edens lustgård åt de endast frukter och fröbärande örter (1 Mosebok 1:29). Efter att Adam och Eva var olydiga mot Gud och blev bortdrivna ur Edens lustgård började de äta markens växter (1 Mosebok 3:18). Efter översvämningen på Noas tid växte världen i ondska och Gud tillät mänskligheten att äta kött. Man kan se att ju ondare världen har blivit desto ondare har maten som man äter blivit.

Under tusenårsriket kommer människor att äta fältens skörd och trädens frukter. Man kommer inte att äta något kött, precis som människorna på Noas tid levde, före översvämningen, eftersom det inte kommer att finnas någon ondska eller dödande. Eftersom hela civilisationen dessutom har blivit förstörd av krigen under den stora vedermödan, kommer man börja om från början med det primitiva sättet att leva och föröka sig i antal på jorden som Herren har utrustat på nytt. De börjar om på nytt i den rena naturen som inte är förgiftad utan fridfull och skön.

Trots att de har upplevt en sådan utvecklad civilisation innan den stora vedermödan och hade så mycket kunskap, kan dagens moderna civilisation kan inte uppnås förrän efter ca 100-200 år. Men allteftersom tiden går och människor blir visare kan de uppnå samma slags civilisation som dagens nivå mot slutet av tusenårsriket.

3. Himlen belönad efter domens dag

Efter tusenårsriket kommer Gud under en kort tid att släppa ut fienden Satan och djävulen som har varit fängslade i avgrunden (Uppenbarelseboken 20:1-3). Trots att Herrens själv regerar här på jorden för att leda köttsliga människor som överlevt den stora vedermödan och deras efterkommande till evig frälsning, är människornas tro inte sann. Så Gud låter fienden Satan och djävulen fresta dem.

Många köttsliga människor kommer att bli bedragna av fienden djävulen och gå på förgörelsens väg (Uppenbarelseboken 20:8). Guds folk kommer än en gång förstå orsaken till att Gud var tvungen att skapa helvetet och Hans stora kärlek som vill få sanna barn genom den mänskliga kultiveringen.

De onda andar som släppts ut under en kort tid kommer återigen att hamna i avgrunden och den stora domen vid den vita tronen kommer att äga rum (Uppenbarelseboken 20:12). Hur kommer då den stora domen vid den vita tronen att gå till?

Gud styr domen vid den vita tronen

Medan jag bad för församlingsstarten i juli 1982 fick jag kunskap om den stora domen vid den vita tronen i detalj. Gud uppenbarade en scen för mig i vilken Gud dömer varenda en. Framför Gud Faderns tron stod Herren och Mose, och runt omkring tronen fanns människor som agerade jury.

Till skillnad från domare i denna värld är Gud perfekt och gör inga misstag. Ändå dömer han tillsammans med Herren som agerar som kärlekens advokat, Mose som lagens åklagare och andra människor som jurymedlemmar. Uppenbarelseboken 20:11-15 beskriver exakt hur Gud kommer att döma.

> *"Och jag såg en stor vit tron och honom som satt på den. För hans ansikte flydde jord och himmel, och det fanns ingen plats för dem. Och jag såg de döda,*

både stora och små, stå inför tronen. Och böcker öppnades, och ännu en bok öppnades, livets bok. Och de döda blev dömda efter sina gärningar, efter vad som stod skrivet i böckerna. Och havet gav igen de döda som fanns i det, och döden och helvetet gav igen de döda som fanns i dem, och var och en dömdes efter sina gärningar. Döden och helvetet kastades i eldsjön. Detta, det vill säga eldsjön, är den andra döden. Om någon inte fanns skriven i livets bok kastades han i eldsjön."

Gud är domaren och "den stora vita tronen" betyder Guds tron. Tronen som är så klar att den ser vit ut, och där sitter Gud som kommer att ge den slutgiltiga domen och med kärlek och rättfärdighet sända agnarna, inte vetet, till helvetet.

Det är därför som det ibland kallas den stora domen vid den vita tronen. Gud kommer att döma exakt efter vad som står i "Livets bok" som har alla namn nedskrivna på dem som är frälsta, och efter andra böcker där varje persons handlingar finns nedskrivna.

De ofrälsta kommer att hamna i helvetet

Framför Guds tron kommer det inte bara Livets bok att finnas utan också andra böcker där det står vilka gärningar som varje person som inte har accepterat Herren eller som inte hade sann tro har gjort (Uppenbarelseboken 20:12).

Från den stund då människor föds tills den stund då Herren kallar åter deras ande, blir varje handling nedskrivna i dessa böcker. Det kan vara goda gärningar man har gjort, svordomar uttalade mot någon, slagsmål, eller att man blivit upprörd och arg på andra människor, allt har blivit nedskrivet av änglars händer.

Precis som man kan spela in och bevara konversationer och händelser under en lång tid genom video och ljudupptagning skriver änglarna ner och registrerar alla händelser i böckerna i himlen på Gud den Allsmäktiges befallning. Därför kommer den stora domen vid den vita tronen att kunna utföras utan misstag. Hur kommer det då att gå till?

De ofrälsta människorna kommer att dömas först. Dessa människor kan inte komma inför Gud för att dömas eftersom de är syndare. De kommer endast att bli dömda i Hades, helvetets väntplats. Trots att de inte kan komma inför Gud kommer domen utfärdas lika strängt som om det skedde inför Gud själv.

Bland syndarna kommer Gud först att döma dem vars synder är tyngre. Efter domen av alla dem som inte är frälsta kommer de alla antingen att hamna i eldsjön eller i sjön av eld och svavel och bli straffade för evigt.

De frälsta tar emot belöningar i himlen

Efter domen av dem som inte är frälsta blivit fullbordad på det här sättet följer belöningens dom för dem som blivit frälsta. Som utlovat i Uppenbarelseboken 22:12, *"Se, jag kommer snart och har min lön med mig för att ge var och en efter hans gärningar."* kommer platser och belöningar i himlen bli bestämda efter detta.

Belöningsdomen kommer att ske i frid inför Gud eftersom

den är för Guds barn. Belöningsdomen börjar med dem som har de största och mesta belöningarna och avslutas med dem som får minst belöningar och sedan kommer Guds barn att komma till sina respektive platser.

> *"Någon natt skall inte finnas mer, och de behöver inte någon lampas sken eller solens ljus. Ty Herren Gud skall lysa över dem, och de skall regera som kungar i evigheternas evigheter"* (Uppenbarelseboken 22:5).

Trots de många svårigheterna och tuffa omständigheter i den här världen kan man ändå vara lycklig eftersom vi har ett hopp om himlen! Där kommer du att bo tillsammans med Herren för evigt med enbart lycka och behag utan tårar, sorg, smärta, sjukdom och död.

Jag har enbart beskrivit en liten del av den sjuåriga bröllopsfesten och tusenårsriket under vilken du kommer att regera med Herren. Då dessa tider – som enbart är en inledning på livet i himlen – är så lyckliga, hur lyckliga och glädjefyllt kommer då livet i himlen att bli? Av denna orsak borde du göra allt för att få din plats och belöningarna förberedda för dig i himlen tills den stund då Herren kommer tillbaka för att hämta dig.

Varför har våra förfäder i tron försökt så hårt och lidit så mycket för att ta Herrens smala väg istället för denna världs lätta väg? De fastade och bad många nätter för att göra sig av med sina synder och överlät sig själva fullständigt eftersom de hade ett hopp om himlen. Eftersom de trodde på Gud som skulle belöna dem i himlen efter deras gärningar försökte de ihärdigt att helga sig och vara betrodda i hela Guds hus.

Därför ber jag i Herrens namn att du inte enbart ska delta i den sjuåriga bröllopsfesten och bli omfamnad av Herren utan också hålla dig nära Guds tron i himlen genom att göra ditt allra bästa, med ett levande hopp om himlen.

Kapitel 4

Himlens hemligheter fördolda sedan skapelsen

1. Himlens hemligheter har uppenbarats sedan Jesu tid
2. Himlens hemligheter uppenbarade vid tidens slut
3. I min Faders hus finns det många boningar

Han svarade dem:
"Ni har fått lära känna
himmelrikets hemligheter,
men det har inte de andra.
Ty den som har skall få,
och det i överflöd,
men den som inte har,
från honom skall tas också det han har.
Jag talar till dem i liknelser,
eftersom de ser utan att se
och hör utan att höra
eller förstå."

Allt detta talade Jesus till folket i liknelser.
Han talade endast i liknelser till dem,
för att det skulle uppfyllas
som var sagt genom profeten:
"Jag vill öppna min mun för att tala i liknelser.
Jag skall förkunna vad som har varit dolt
sedan världens skapelse."

- Matteus 13:11-12; 34-35 -

En dag när Jesus satt vid sjön samlades många människor och Jesus började tala till dem i många liknelser. Hans lärjungar frågade Honom då, "Varför talar du till dem i liknelser?" Jesus svarade dem:

> *"Ni har fått lära känna himmelrikets hemligheter, men det har inte de andra. Ty den som har skall få, och det i överflöd, men den som inte har, från honom skall tas också det han har. Jag talar till dem i liknelser, eftersom de ser utan att se och hör utan att höra eller förstå. På dem uppfylls Jesajas profetia: Även om ni hör, skall ni inte förstå, och även om ni ser, skall ni inte se. Ty detta folks hjärta är förstockat. De hör illa med sina öron, och de sluter sina ögon, så att de inte ser med ögonen eller hör med öronen eller förstår med hjärtat och vänder om, så att jag får bota dem. Men saliga är era ögon som ser och era öron som hör. Amen säger jag er: Många profeter och rättfärdiga längtade efter att få se det ni ser, men fick inte se det, och få höra det ni hör, men fick inte höra det"* (Matteus 13:11-17).

Precis som Jesus sa kunde de många profeterna och rättfärdiga inte se eller höra himlens hemligheter trots att de ville det.

Eftersom Jesus, som i sin natur är Gud själv, kom ner till den här jorden (Filipperbrevet 2:6-8), blev det tillåtet att himlens hemligheter skulle uppenbaras för Hans lärjungar.

Som det står skrivet i Matteus 13:35, *"för att det skulle uppfyllas som var sagt genom profeten: Jag vill öppna min mun för att tala i liknelser. Jag skall förkunna vad som har varit dolt sedan världens skapelse"* talade Jesus i liknelser för att uppfylla det som blivit skrivet i Skriften.

1. Himlens hemligheter har uppenbarats sedan Jesu tid

I Matteus 13, finns det många liknelser om himlen. Det beror på att utan liknelser kan man inte förstå eller uppfatta himlens hemligheter ens om man läser Bibeln många gånger.

> *"Himmelriket är likt en man som sådde god säd i sin åker"* (v. 24).

> *"Himmelriket är likt ett senapskorn, som en man tar och sår i sin åker. Det är minst av alla frön, men när det har växt upp är det störst bland alla köksväxter och blir som ett träd, så att himlens fåglar kommer och bygger bo i grenarna"* (v. 31-32).

> *"Himmelriket är likt en surdeg, som en kvinna tar och blandar in i tre mått mjöl, till dess alltsammans blir syrat"* (v. 33).

> *"Himmelriket är likt en skatt som är gömd i en åker.*

En man finner den och gömmer den, och i sin glädje går han och säljer allt vad han äger och köper den åkern" (v. 44).

"Himmelriket är också likt en köpman som söker efter vackra pärlor. Och när han har funnit en mycket dyrbar pärla, går han och säljer allt vad han äger och köper den" (v. 45-46).

"Himmelriket är vidare likt en not som kastas i sjön och fångar fisk av alla slag. När den blir full, drar man upp den på stranden och sätter sig ner och samlar de goda fiskarna i kärl, men de dåliga kastar man bort" (v. 47-48).

På detta sätt predikade Jesus om himlen, som är i den andliga världen, genom många liknelser. Eftersom himlen ligger i den osynliga andliga sfären, kan man endast förstå den genom liknelser.

För att kunna få evigt liv i himlen måste man leva ett ordentligt liv i tro och veta hur man kan få äga himlen, vilka slags människor som kommer in där, och när allt kommer att fullbordas.

Vad är det yttersta målet med att gå till kyrkan och leva ett liv i tro? Det är för att bli frälst och komma till himlen. Det är så patetiskt om någon, trots många års kyrkgående, inte kommer till himlen.

Även under Jesu tid fanns det många människor som lydde lagen och bekände sin tro på Gud, men som inte var kvalificerade för att bli frälsta och komma in i himlen. Av denna orsak proklamerade Johannes Döparen så här i Matteus 3:2, "*Omvänd er, ty himmelriket är nära*" och förberedde vägen för Herren. I Matteus 3:11-12 berättade han för folket att Jesus är Frälsaren och den stora domens Herre genom att säga, "*Jag döper er i vatten till omvändelse, men den som kommer efter mig är starkare än jag. Jag är inte ens värd att ta av honom hans sandaler. Han skall döpa er i den helige Ande och i eld. Han har sin kastskovel i handen och skall rensa sin tröskplats och samla sitt vete i logen, men agnarna skall han bränna upp i en eld som aldrig släcks.*"

Israeliterna på den här tiden misslyckades emellertid att känna igen Honom som deras Frälsare och korsfäste Honom. Hur sorgligt det är att de fortfarande väntar på Messias till denna dag!

Himlens hemligheter uppenbarade för aposteln Paulus

Trots att aposteln Paulus inte var en av Jesu tolv ursprungliga lärjungar låg han inte i lä när det gällde att vittna om Jesus Kristus. Innan Paulus mötte Herren hade han varit en farisé som strängt höll lagen och de äldstes stadgar och var en jude med ett romerskt medborgarskap sedan födseln, och som deltog i förföljelsen av de tidiga kristna.

Men efter att han mötte Herren på vägen till Damaskus ändrade Paulus sin inställning och ledde många människor till frälsningens väg genom att koncentrera sig på att evangelisera hedningarna.

Gud visste att Paulus skulle lida så mycket smärta och

förföljelser i att predika evangeliet. Därför uppenbarade Han himlens underbara hemligheter för honom så att han skulle kunna springa mot målet (Filipperbrevet 3:12-14). Gud lät honom predika evangeliet med en sådan stor glädje och med hopp om himlen.

När man läser de paulinska breven kan man se att han skrev fylld av den Helige Andes inspiration om Herrens återkomst, de troendes uppryckande på skyarna, deras boplatser i himlen, himlens härlighet, eviga belöningar och kronor, den evige prästen Melkisedek, och Jesus Kristus.

I 2 Korinterbrevet 12:1-4 delar Paulus sina andliga erfarenheter med församlingen i Korinth som han hade grundat, och som inte levde efter Guds ord.

> *"Jag måste berömma mig, om än till ingen nytta, och jag kommer då till syner och uppenbarelser från Herren. Jag vet om en man i Kristus som för fjorton år sedan blev uppryckt ända till tredje himlen – om han var i kroppen eller utanför kroppen vet jag inte, Gud vet det. – Jag vet att den mannen – om han var i kroppen eller utanför kroppen vet jag inte, Gud vet det – att han blev uppryckt till paradiset och hörde ord som ingen människa kan uttala eller får uttala."*

Gud utvalde aposteln Paulus för att evangelisera hedningarna, renade honom med eld, och gav honom syner och uppenbarelser. Gud ledde honom till att övervinna alla slags svårigheter med kärlek, tro och hopp om himlen. Paulus omtalade till exempel att han hade förts till Paradiset i den Tredje himlen och hade fått höra himlens hemligheter fjorton år tidigare, men de var så förundransvärda att inte människa fick uttala dem.

En apostel är en person som är kallad av Gud och som helt och hållet lyder Hans vilja. Det fanns dock några människor bland Korinthförsamlingens medlemmar som hade blivit bedragna av falska lärare och som dömde aposteln Paulus.

Då räknade aposteln Paulus upp de svårigheter han hade utstått för Herren och delade sina andliga erfarenheter för att leda människorna i Korinth att bli Herrens underbara brud genom att handla efter Guds ord. Det var inte för att skryta över sina andliga erfarenheter utan endast för att bygga upp och styrka Kristi församling genom att försvara och bekräfta sitt apostlaämbete.

Det man behöver inser här är att synerna och uppenbarelserna från Herren endast kan ges till dem som i Guds ögon är värdiga det. Till skillnad från medlemmarna i Korinthförsamlingen som blev bedragna av falska lärare och dömde Paulus ska du inte döma någon som arbetar med att utvidga Guds rike, frälsa många människor och som är erkänd av Gud.

Himlens hemligheter uppenbarade för aposteln Johannes

Aposteln Johannes var en av de tolv lärjungarna och var mycket älskad av Jesus. Jesus själv hade inte enbart kallat honom en "lärjunge" utan också närt honom andligt så att han skulle kunna tjäna sin mästare på nära håll. Han hade tidigare haft ett sånt hett temperament att han brukade kallas "åskans son," men han blev kärlekens apostel efter att ha blivit förvandlad av Guds kraft. Johannes följde Jesus och såg himlens härlighet. Han var också den enda lärjungen som hörde de sju sista orden som Jesus sa på korset. Han var trogen sin uppgift som apostel och blev en stor man i himlen.

Som ett resultat av allvarlig förföljelse mot kristendomen av det romerska imperiet blev Johannes kastad i kokande olja men dog inte där och blev istället sänd i exil till ön Patmos. Där kommunicerade han med Gud på djupet och skrev ner Uppenbarelseboken som är full av hemligheter om himlen.

Johannes skrev om så många andliga ting som till exempel Guds och Lammet tron i himlen, tillbedjan i himlen, de fyra levande varelserna runt Guds tron, den sjuåriga vedermödan och änglarnas roller, Lammets bröllopsfest och tusenårsriket, den stora domen vid den vita tronen, helvetet, Nya Jerusalem i himlen, och om avgrunden.

Det är därför som aposteln Johannes säger i Uppenbarelseboken 1:1-3 att boken är nedskriven genom de syner och uppenbarelser han fick från Herren och att han skrev ner allting eftersom det snart skulle ske.

> *"Detta är Jesu Kristi uppenbarelse, som Gud gav honom för att visa sina tjänare vad som snart måste ske. Han gjorde det känt genom att sända sin ängel till sin tjänare Johannes, som har vittnat om Guds ord och Jesu Kristi vittnesbörd, allt vad han själv har sett. Salig är den som läser upp och saliga är de som lyssnar till profetians ord och tar vara på det som är*

skrivet i den. Ty tiden är nära."

Frasen "tiden är nära" antyder att tiden för Herrens återkomst är nära. Därför är det väldigt viktigt att ha de rätta kvalifikationerna för att kunna komma in i himlen genom att bli frälst av tro.

Även om du går till kyrkan varje vecka kan du inte bli frälst såvida du inte har tro med gärningar. Jesus berättar för oss, *"Inte skall var och en som säger Herre, Herre till mig komma in i himmelriket, utan den som gör min himmelske Faders vilja"* (Matteus 7:21). Så om man inte handlar efter Guds ord är det tydligt att man inte kan komma in i himlen.

Därför förklarar aposteln Johannes från Uppenbarelseboken 4 och vidare de händelser och profetior som snart kommer att ske och bli uppfyllda, och når slutsatsen att Herren kommer tillbaka och att vi behöver tvätta våra kläder.

> *"Se, jag kommer snart och har min lön med mig för att ge var och en efter hans gärningar. Jag är A och O, den förste och den siste, begynnelsen och änden. Saliga är de som tvättar sina kläder. De skall få rätt till livets träd och få komma in i staden genom dess portar"* (Uppenbarelseboken 22:12-14).

Andligt sett står kläder för en persons hjärta och handlingar. Att tvätta sina kläder innebär omvändelse från synder och att försöka leva ett liv efter Guds vilja.

Det innebär att beroende på hur mycket du lever efter Guds ord, kommer du att kunna gå in genom portarna tills du kommer in i det vackraste i himlen, Nya Jerusalem.

Du bör därför inse att ju mer din tro växer, desto bättre kommer din boplats i himlen bli.

2. Himlens hemligheter uppenbarade vid tidens slut

Låt oss titta närmare på himlens hemligheter som är uppenbarade genom Jesu liknelser i Matteus 13 och som skall ske vid tidens slut.

Han kommer att skilja de onda från de rättfärdiga

I Matteus 13:47-50, säger Jesus att himmelriket är som ett fiskenät:

> *"Himmelriket är vidare likt en not som kastas i sjön och fångar fisk av alla slag. När den blir full, drar man upp den på stranden och sätter sig ner och samlar de goda fiskarna i kärl, men de dåliga kastar man bort. Så skall det vara vid tidsålderns slut. Änglarna skall gå ut och skilja de onda från de rättfärdiga och kasta dem i den brinnande ugnen. Där skall man gråta och skära tänder."*

Ordet "sjön" betyder här världen, "fisk" alla troende, och fiskaren som kastar ut nätet i sjön och fångar fiskar är Gud. Vad betyder det då att Gud kastar i ett nät, dra upp det när det är fullt och samla in de goda fiskarna i kärl medan de dåliga kastas bort? Det är för att låta oss veta att i tidsålderns slut kommer änglarna att samla in de rättfärdiga till himlen och kasta de onda i helvetet.

Nu för tiden är många människor övertygade om att de kommer till himlen för att de har accepterat Jesus Kristus. Men Jesus säger tydligt, *"Änglarna skall gå ut och skilja de onda från de rättfärdiga och kasta dem i den brinnande ugnen."* Med orden "de rättfärdiga" menas de som kallas rättfärdiga genom att de tror på Jesus Kristus i sina hjärtan och som låter sina handlingar reflektera deras tro. Man blir inte bara rättfärdig för att man kan Guds ord, utan endast om man lyder Hans befallningar och handlar efter Hans vilja (Matteus 7:21).

I Bibeln finns det uppmaningar som "Gör," "Gör inte," "Håll" och "Gör dig av med." Endast de som lever efter Guds ord är "rättfärdiga" och anses ha andlig, levande tro. Det finns människor som anses vara allmänt rättfärdiga, men man kan antingen kategoriseras som "rättfärdig" i människors ögon, eller "rättfärdig" i Guds ögon. Du behöver därför känna igen skillnaden mellan människors rättfärdighet och Guds rättfärdighet, och bli en rättfärdig människa i Guds ögon.

Om till exempel en man som anser sig själv vara rättfärdig stjäl, vem kommer att acceptera honom som rättfärdig? Om de som själva kallar sig "Guds barn" men ändå fortsätter att synda och inte leva efter Guds ord, kan de inte kallas "rättfärdiga." Dessa slags människor är de onda bland de "rättfärdiga."

De himmelska kropparnas olika glans

Om du accepterar Jesus Kristus och endast lever efter Guds ord, kommer du att skina likt solen i himlen. Aposteln Paulus skriver om himlens hemligheter i detalj i 1 Korinterbrevet 15:40-41.

> *"Det finns också himmelska kroppar och jordiska kroppar. Men de himmelska kropparnas glans är av ett slag, de jordiska kropparnas glans av ett annat slag. Solen har sin glans, månen en annan och stjärnorna ännu en annan. Den ena stjärnan skiljer sig från den andra i glans."*

Eftersom det är enbart av tro som man kan få komma till himlen är det logiskt att himlens härlighet kommer att skilja sig beroende på personers tro. Det är därför som solen har en glans, månen en annan och stjärnorna ytterligare en annan; till och med mellan stjärnorna är det skillnad, deras mått av strålglans skiljer sig åt.

Låt oss se på en annan av himlens hemligheter genom liknelsen om senapskornet i Matteus 13:31-32.

> *"[Jesus] framställde också en annan liknelse för dem: 'Himmelriket är likt ett senapskorn, som en man tar och sår i sin åker. Det är minst av alla frön, men när det har växt upp är det störst bland alla köksväxter och blir som ett träd, så att himlens fåglar kommer och bygger bo i grenarna.'"*

Ett senapskorn är lika litet som en punkt skriven av en kulspetspenna. Till och med detta lilla frö kommer att växa till sig och bli ett så stort träd att himlens fåglar kommer att bygga bo där. Vad ville Jesus lära oss med denna liknelse? Det vi ska lära oss är att himlen fås genom tro och att det finns olika mått av tro. Så även om du har en "liten" tro just nu, kan du ge näring till den så att den växer och blir en "stor" tro.

Även med en tro så liten som ett senapskorn

Jesus säger följande i Matteus 17:20, *"Därför att ni har så lite tro. Amen säger jag er: Om ni har tro, bara som ett senapskorn, skall ni säga till detta berg: Flytta dig dit bort, och det kommer att flytta sig. Ingenting skall vara omöjligt för er."* Som svar på sina lärjungars krav, *"Ge oss mer tro!"* svarar Jesus, *"Om ni har tro som ett senapskorn, skall ni kunna säga till det här mullbärsfikonträdet: Dra upp dig med rötterna och sätt ner dig i havet! Och det skulle lyda er"* (Lukas 17:5-6).

Vad har då dessa meningar för andlig betydelse? Det betyder att när en liten tro som ett senapskorn växer och blir en stor tro kommer ingenting att vara omöjligt. När du accepterar Jesus Kristus blir en tro lika liten som ett senapskorn givet till dig. När du sår detta frö i ditt hjärta kommer det att börja växa. När det växer och blir en stor tro som ett stort träd där himlens fåglar kan bygga bon, kommer du att börja uppleva Guds kraftgärningar som Jesus gjorde när Han gav synen åt de blinda, hörsel till de döva, talet till de stumma, och livet tillbaka för de döda.

Om du tror att du har tro men inte kan visa på Guds kraftgärningar och fortfarande har problem i din familj eller med din försörjning, beror det på att din tro är liten som ett senapskorn och ännu inte har vuxit till ett stort träd.

Processen av den andliga trons tillväxt

I 1 Johannes brev 2:12-14, talar aposteln Johannes något om den andliga trons tillväxt.

> *"Jag skriver till er, barn: era synder är förlåtna för hans namns skull. Jag skriver till er, fäder: ni har lärt känna honom som är från begynnelsen. Jag skriver till er, unga män: ni har besegrat den onde. Jag har skrivit till er, barn: ni har lärt känna Fadern. Jag har skrivit till er, fäder: ni har lärt känna honom som är från begynnelsen. Jag har skrivit till er, unga män: ni är starka och Guds ord förblir i er och ni har besegrat den onde."*

Av detta förstår vi att det finns en tillväxtprocess i tron. Du måste utveckla din tro och få fädernas tro där du kan känna Gud som är från begynnelsen. Du ska inte nöja dig med nivån av barntro vilkas synder är förlåtna på grund av Jesus Kristus.

Jesus säger också i Matteus 13:33, *"Himmelriket är likt en surdeg, som en kvinna tar och blandar in i tre mått mjöl, till dess alltsammans blir syrat."*

Av detta kan du förstå att trons tillväxt från att vara liten som ett senapskorn till att bli en stor tro kan uppnås lika snabbt som jästen som arbetar sig in i degen. Som det står i 1 Korinterbrevet 12:9 är tron en andlig gåva given till dig av Gud.

Köpa himlen för allt du äger

Man behöver göra ansträngningar för att få tag på himlen eftersom himlen endast kan fås genom tro och det finns en tillväxtprocess i tron. Även i den här världen måste man kämpa hårt för att uppnå rikedom och berömmelse, för att inte tala om att tjäna tillräckligt med pengar för till exempel kunna köpa ett hus. Man kämpar så hårt för att köpa och underhålla dessa ting, och inget av det kan man behålla för evigt. Varför inte kämpa för att få tag på glansen och boplatserna i himlen som man kommer att äga för evigt?

Jesus säger i Matteus 13:44, *"Himmelriket är likt en skatt som är gömd i en åker. En man finner den och gömmer den, och i sin glädje går han och säljer allt vad han äger och köper den åkern."* Han fortsätter i Matteus 13:45-46, *"Himmelriket är också likt en köpman som söker efter vackra pärlor. Och när han har funnit en mycket dyrbar pärla, går han och säljer allt vad han äger och köper den."*

Vilka hemligheter om himlen blir uppenbarade genom liknelserna om den gömda skatten i en åker och den dyrbara pärlan? Jesus använde vanligtvis liknelser med ting som lätt kunde relateras till i det dagliga livet. Låt oss först se på liknelsen om "skatten gömd i en åker."

Det fanns en gång en fattig bonde som tjänade sitt levebröd på att göra olika uppdrag. En dag arbetade han med något som hans granne hade bett honom om. Bonden hade fått veta att marken var ofruktsam eftersom den inte hade använts på lång tid, men hans granne ville plantera några fruktträd för att inte låta marken gå till spillo. Bonden gick med på att göra jobbet. En dag höll han på att bearbeta jorden när han stötte på något mycket hårt med spaden. Han fortsatte att gräva och fann en skatt i jorden. Bonden som hade upptäckt skatten började fundera på hur han skulle kunna få äganderätt till skatten. Han beslutade sig för att köpa marken där skatten var gömd och eftersom åkern var fruktlös och näst intill värdelös tänkte bonden att markägaren skulle vilja sälja den utan att ställa till med bekymmer.

Bonden gick hem, samlade ihop allt han ägde och började sälja sina ägodelar. Han ångrade aldrig att han var tvungen att sälja allt han hade, för han hade hittat skatten, som var mer värd än allt han hade.

Liknelsen om skatten gömd i en åker

Vad kan man förstå genom liknelsen om skatten som var gömd i en åker? Jag hoppas att du förstår himlens hemligheter genom att se på den andliga betydelsen av liknelsen om skatten gömd i en åker i fyra aspekter.

För det första, åkern står för ditt hjärta och skatten för himlen. Det betyder att himlen, likt skatten, är dold i ditt hjärta.

Gud skapade människan med anden, själen och kroppen. Anden skapades till herre över människan för att kunna kommunicera med Gud. Själen skapades till att lyda andens befallning, och kroppen är boplatsen för anden och själen. En människa var alltså en levande ande, står det i 1 Mosebok 2:7.

Sedan den tid då den första människan Adam begick

olydnadens syn, har anden, som var herre över människan, dött, och själen tog över rollen som herre. Människor föll då in i fler synder och tvingades in på dödens väg eftersom de inte längre kunde kommunicera med Gud. De blev nu själiska människor, under kontroll av fienden Satan och djävulen.

För detta sände kärlekens Gud sin ende Son Jesus till den här världen och lät Honom korsfästas och utgjuta sitt blod som ett försoningsoffer för att återlösa hela mänskligheten från dess synder. På grund av detta öppnades vägen till frälsning för oss att bli barn till Gud den Helige och kunna kommunicera med Honom igen.

Den som därför accepterar Jesus Kristus som sin personlige Frälsare kommer att ta emot den Helige Ande och hans ande kommer att få liv igen. Han får också rätten att bli Guds barn och glädje kommer att fylla hans hjärta.

Det betyder att anden börjar kommunicera med Gud och återtar kontrollen över själen och kroppen igen som herre över människan. Det betyder också att han börjar frukta Gud och lyda Hans ord, och fullgör sitt uppdrag som människa.

Ett andligt uppvaknande är detsamma som att finna en gömd skatt i en åker. Himlen är likt skatten som är gömd i en åker eftersom himlen nu är närvarande i ditt hjärta.

För det andra, en man som hittar en gömd skatt i en åker och blir fylld av glädje betyder att om någon accepterar Jesus Kristus och tar emot den Helige Ande, kommer den döda anden få liv igen, och han kommer att förstå att himlen finns i hans hjärta.

Jesus säger i Matteus 11:12, *"Och från Johannes döparens dagar intill denna stund tränger himmelriket fram med storm, och människor storma fram och rycka det till sig."* [1917 års översättning]. Aposteln Johannes skriver också i Uppenbarelseboken 22:14, *"Saliga är de som tvättar sina kläder. De skall få rätt till livets träd och få komma in i staden genom dess portar."*

Vad man kan lära sig av detta är att inte alla som har accepterat Jesus Kristus kommer att komma till samma boplats i himmelriket. Beroende på hur mycket man efterliknar Herren och blir sann, kommer man att ärva en vackrare boplats i himlen.

De som därför älskar Gud och hoppas på himlen kommer att handla i enlighet med Guds ord i allt och efterlikna Herren genom att göra sig av med all sin ondska.

Man får del av himmelriket efter hur mycket man fyller sitt hjärta med himlen, där det bara finns godhet och sanning. Till och med här på jorden kommer man att bli uppfylld med glädje när man inser att himlen finns i ens hjärta.

Detta är den slags glädje du upplever när du först möter Jesus Kristus. Så glädjefyllt det skulle vara för en person som tidigare varit tvingad att vandra på dödens väg men istället fick sant liv och den eviga himlen genom Jesus Kristus! Han skulle också bli så tacksam eftersom han tror på himmelriket i sitt hjärta. På det här sättet står mannens glädje över att ha funnit en skatt som varit dold i åkern för den glädjen som kommer av att man acceptera Jesus Kristus och får himmelriket i sitt hjärta.

För det tredje, att gömma skatten igen efter att han hade funnit den betyder att mannens döda ande har blivit uppväckt

och att han vill leva efter Guds vilja, men han kan inte riktigt få sin beslutsamhet i handling eftersom han inte har tagit emot kraft att leva efter Guds Ord.

Bonden kunde inte omedelbart gräva upp skatten så snart han hade funnit den. Han var först tvungen att sälja sina ägodelar och köpa åkern. På samma sätt förstår du att himlen och helvetet finns och att du kan komma in i himlen när du accepterar Jesus Kristus, men du kan inte visa din handling när du just har börjat lyssna på Guds ord.

Eftersom du har levt ett orättfärdigt liv som var i motsats till Guds ord innan du accepterade Jesus Kristus, finns det mycket orättfärdighet kvar i ditt hjärta. Om du inte gör dig av med all osanning i ditt hjärta medan du bekänner din tro på Gud kommer Satan fortsätta att leda dig in i mörkret så att du inte kan leva efter Guds ord. Precis som bonden som köpte åkern efter att han hade sålt allt han hade, kan du få skatten i ditt hjärta endast när du försöker att göra dig av med all osanning i ditt sinne och har ett sanningsenligt hjärta som Gud vill ha.

Därför behöver du följa sanningen, vilket är Guds ord, genom att lita på Gud och be ivrigt. Bara då kommer osanningen att kastas bort och du kommer att ta emot kraften att handla och leva efter Guds ord. Du behöver komma ihåg att himlen endast är för dessa slags människor.

För det fjärde, att sälja allt han hade betyder att för den döda anden ska få liv igen och bli herre över människan måste du förgöra all osanning som tillhör själen.

När den döda anden får liv igen kommer du att förstå att himlen finns. Du borde få tag på himlen genom att riva ner alla tankar av osanning som tillhör själen och som styrs av Satan, och genom att ha tron som efterföljs av handlingar. Det är samma princip som när en kyckling måste bryta sönder skalet för att komma ut till världen.

Du måste därför göra dig av med alla köttets begär och handlingar för att helt och hållet få tag på himlen. Du behöver också bli en person med en hel ande som efterliknar den gudomliga naturen som Herren har (1 Tessalonikerbrevet 5:23).

Köttets gärningar är förkroppsligandet av hjärtats ondska i handlingar. Köttets begär är syndanaturen i hjärtat som när som helst kan resultera i handlingar, även om de ännu inte har resulterat i handlingar. Om någon till exempel har hat i sitt hjärta, är det köttets begär och om den personens hat resulterar i handlingar genom slagsmål, är detta en köttets gärning.

Galaterbrevet 5:19-21 fastslår, *"Köttets gärningar är uppenbara: de är otukt, orenhet, lösaktighet, avgudadyrkan, svartkonst, fiendskap, kiv, avund, vredesutbrott, gräl, splittringar, villoläror, illvilja, fylleri, utsvävningar och annat sådant. Jag säger er i förväg vad jag redan har sagt: de som lever så skall inte ärva Guds rike."*

Även Romarbrevet 13:13-14 säger oss, *"Låt oss leva värdigt, det hör dagen till, inte i utsvävningar och fylleri, inte i otukt och lösaktighet, inte i strid och avund. Nej, ikläd er Herren Jesus Kristus och ha inte en sådan omsorg om kroppen att begären väcks till liv,"* och Romarbrevet 8:5 säger, *"De som lever efter sin köttsliga natur tänker på det som hör till köttet, men de som lever efter Anden tänker på det som hör till*

Anden."

Att därför sälja allt du har innebär att du raserar all osanning som finns i din själ och som är emot Guds vilja och gör dig av med alla köttets gärningar och begär, som inte är rätt enligt Guds ord, och allt annat som du har älskat mer än vad du har älskat Gud.

Om du fortsätter att göra dig av med dina synder och ondska på detta sätt kommer din ande att upplivas mer och mer och du kommer att kunna leva efter Guds ord och följa den Helige Andes önskan. Du kommer också att bli en andlig person och kunna få del av Herrens gudomliga natur (Filipperbrevet 2:5-8).

Få del av himlen efter hur mycket som blivit uppnått i hjärtat

Den som får del av himlen genom tro är den som säljer allt han har genom att göra sig av med all ondska och uppnå himlen i sitt hjärta. Till slut, när Herren återvänder, kommer den himmel som varit likt en skuggbild bli en verklighet och han kommer att få den eviga himlen. Den som får del av himlen är den rikaste personen även om han har gjort sig av med allt i denna värld. Men den som inte har del i himlen är den fattigaste personen som i verkligheten inte har någonting, även om han har allt i den här världen. Allt du behöver finns i Jesus Kristus och allt utanför Jesus Kristus är värdelöst för att efter döden väntar enbart evig dom.

Det är därför som Matteus gav upp sitt yrke när han följde Jesus. Det är därför som Petrus lämnade sin båt och följde Jesus. Till och med aposteln Paulus ansåg att allt annat han hade var skräp efter att han hade accepterat Jesus Kristus. Orsaken till att apostlarna kunde göra detta var för att de vill finna skatten, som är mera värd än allt någonting i den här världen, och gräva upp den.

På samma sätt måste du visa din tro genom handlingar genom att lyda det sanna ordet och göra dig av med all osanning som är emot Gud. Du måste uppnå himmelriket i ditt hjärta genom att sälja all osanning som till exempel envishet, stolthet och arrogans som du hittills har ansett vara en skatt i ditt hjärta.

Därför bör du inte se efter vad som finns i denna värld utan sälja allt du har för att uppnå himlen i ditt hjärta och ärva det eviga himmelriket.

3. I min Faders hus finns det många boningar

I Johannes 14:1-3 kan du se att det finns många boplatser i himlen och att Jesus Kristus har gått dit för att förbereda en plats för dig i himlen.

> *"Låt inte era hjärtan oroas. Tro på Gud och tro på mig. I min Faders hus finns många rum. Om det inte vore så, skulle jag då ha sagt er att jag går bort för att bereda plats åt er? Och om jag än går och bereder plats åt er, skall jag komma tillbaka och ta er till mig, för att ni skall vara där jag är."*

Herren har gått för att förbereda din himmelska plats

Jesus berättade för sina lärjungar om allt som skulle ske innan han blev arresterad och korsfäst. Han såg hur oroliga hans lärjungar var då de hörde om Judas Iskariots förräderi, Petrus förnekande och Jesu död, så Han tröstade dem med att berätta för dem om boplatserna i himlen.

Det är därför Han säger, "I min Faders hus finns många rum. Om det inte vore så, skulle jag då ha sagt er att jag går bort för att bereda plats åt er?" Jesus blev korsfäst och uppstod verkligen efter tre dagar, och bröt dödens makt. Fyrtio dagar senare uppsteg Han till himlen för att förbereda himmelska boplatser för oss, medan många människor såg på.

Vad betyder det då att *"jag går bort för att bereda plats åt er?"* Som det är skrivet i 1 Johannes brev 2:2, *"Han är försoningen för våra synder, och inte bara för våra utan också för hela världens,"* betyder det att Jesus förstörde syndens mur mellan människorna och Gud, så att vem som helst kan få del av himlen genom tro.

Utan Jesus Kristus hade syndens mur mellan Gud och oss inte kunnat vältas. I Gamla Testamentet var man tvungen att offra ett djuroffer när man hade syndat, som försoning för sin synd. Men Jesus har gjort det möjligt för oss att få förlåtelse för våra synder och bli helig genom att Han offrade sig själv som syndaoffer, en gång för alla (Hebreerbrevet 10:12-14).

Det är endast genom Jesus Kristus som syndens mur mellan Gud och dig kan bli nerriven och du kan ta emot välsignelsen av att komma in i himmelriket och njuta av underbart och lyckligt evigt liv.

I min Faders hus finns många rum

Jesus säger i Johannes 14:2, *"I min Faders hus finns många rum."* Herrens hjärta som vill att alla ska bli frälsta finns nedsmält i denna vers. Förresten, vad är orsaken till att Jesus sa "I min Faders hus" istället för "i himmelriket?" Det beror på att Gud inte vill ha "medborgare," utan "barn" med vilka Han kan dela sin kärlek för evigt med som en Fader.

Himlen styrs av Gud och är tillräckligt stor för att rymma alla dem som är frälsta av tro. Det är också en sådan underbar och fantastisk plats som inte alls kan jämföras med den här världen. I himmelriket, vars storlek är bortom all fantasi, är den underbaraste och härligaste platsen Nya Jerusalem där Guds tron är. Precis som det finns Blå Huset i Koreas huvudstad Seoul och Vita Huset i USA: s huvudstad Washington D.C. där dessa länders presidenter bor, står Guds Tron i Nya Jerusalem.

Var ligger då Nya Jerusalem? Det ligger mitt i himlen, och det är den plats där trons människor, som behagat Gud, kommer att leva för evigt. Kontrasten till detta är den yttersta platsen i himlen som är Paradiset. Precis som brottslingen på Jesu ena sida, som accepterade Jesus Kristus och blev frälst, kommer de som endast accepterade Jesus Kristus men inte gjorde något för Guds rike att bo där.

Himlen ges efter måttet av tro

Varför har Gud förberett så många boplatser i himlen för sina barn? Gud är rättfärdig och låter varje människa skörda vad han har sått (Galaterbrevet 6:7), och belönar varje person efter vad han har gjort (Matteus 16:27, Uppenbarelseboken 2:23). Det är därför som Han har förberett boplatser efter måttet av tro.

Romarbrevet 12:3 uppmärksammar, *"Ty i kraft av den nåd*

som jag har fått säger jag till var och en bland er: ha inte högre tankar om er själva än ni bör ha utan tänk förståndigt, efter det mått av tro som Gud har tilldelat var och en."

Därför kan man förstå att varje persons boplats och härlighet i himlen skiljer sig åt beroende på ens mått av tro.

Efter hur mycket ditt hjärta efterliknar Guds hjärta, kommer din boplats i himlen att bli bestämd. Boplatsen i den eviga himlen kommer att bli bestämd efter hur mycket av himlen som du har uppnått i ditt hjärta som en andlig person.

Låt oss till exempel säga att ett barn och en vuxen tävlar i ett sportevenemang eller har en diskussion. Barnens värld och de vuxnas värld skiljer sig så markant åt att barnen skulle bli uttråkade av att vara med de vuxna. Barnens sätt att tänka, deras språk och handlingar är så olika de vuxnas. Det blir roligare när barn leker med barn, ungdomar med ungdomar och vuxna med vuxna.

Det är på samma sätt med det andliga. Eftersom varje persons ande är olika har kärlekens och rättfärdighetens Gud delat upp boplatserna i himlen efter måttet av tro så att Hans barn kommer att leva lyckliga.

Herren kommer efter att ha förberett de himmelska boplatserna

I Johannes 14:3 lovar Herren att Han ska komma tillbaka och hämta oss till himmelriket efter att Han är färdig med att förbereda boplatserna i himlen.

Tänk dig en man som en gång tog emot Guds nåd och hade

många belöningar väntande på honom i himlen eftersom han var trofast. Men tänk om han gick tillbaka till världens vägar, då skulle han falla bort från frälsningen och hamna i helvetet och alla hans himmelska belöningar skulle bli värdelösa. Även om han inte skulle hamna i helvetet, kan hans belöningar ändå gå förlorade.

Om han ibland gör Gud besviken genom att förödmjuka Honom trots att han en gång var trofast, eller om han går tillbaka en nivå eller stannar på samma nivå under hela hans kristna liv trots att han borde göra framsteg, kommer hans belöning förminskas.

Ändå kommer Herren att komma ihåg allt som man har arbetat med och försökt göra för Guds rike skull genom att vara trofast. Om man också helgar sitt hjärta genom att omskära det i den Helige Ande kommer man att vara med Herren när Han kommer tillbaka och bli välsignad med att få bo på en plats som skiner som solen i himlen. Eftersom Herren vill att alla Guds barn ska vara perfekta sa Han, *"Och om jag än går och bereder plats åt er, skall jag komma tillbaka och ta er till mig, för att ni skall vara där jag är."* Jesus vill att du ska rena dig själv precis som Herren är ren, och hålla fast vid detta ord av hopp.

När Jesus uppfyllde Guds vilja fullkomligt och förhärligade Honom storligen, förhärligade Gud Jesus och gav Honom ett nytt namn: "Kungars Kung, herrars Herre." Om du på samma sätt förhärligar Gud i den här världen, kommer Gud att leda dig till härlighet. Efter den grad du efterliknar Gud och är älskad av Gud, kommer du bo närmare Guds tron i himlen.

Boplatserna i himlen väntar på deras mästare, Guds barn, precis som bruden som väntar på att ta emot sin brudgum. Det är därför som aposteln Johannes skriver i Uppenbarelseboken 21:2, *"Och jag såg den heliga staden, det nya Jerusalem, komma ner från himlen, från Gud, redo som en brud, som är smyckad för sin brudgum."*

Inte ens den bästa uppassningen av en vacker brud i denna värld kan jämföras med den bekvämlighet och lycka som boplatserna i himlen ger. Husen i himlen har allting och kan förse med allt bara genom att läsa sina mästares tankar så att de kan leva det lyckligaste livet någonsin, för evigt.

Ordspråksboken 17:3 noterar, *"Degeln prövar silvret och ugnen guldet, HERREN prövar hjärtan."* Därför ber jag i Herren Jesu Kristi namn att du ska inse att Gud prövar och renar människor för att göra dem till sina sanna barn, att du börjar helga dig själv med hoppet om Nya Jerusalem, och med full kraft avancerar mot det bästa som himlen har genom att bli betrodd i hela Guds hus.

Kapitel 5

Hur kommer vi att leva i Himlen?

1. Livsstilen i Himlen
2. Kläder i Himlen
3. Mat i Himlen
4. Transport i Himlen
5. Nöjen i Himlen
6. Tillbedjan, utbildning och kultur i Himlen

Det finns också himmelska kroppar
och jordiska kroppar.
Men de himmelska kropparnas glans
är av ett slag,
de jordiska kropparnas glans av ett annat slag.
Solen har sin glans,
månen en annan
och stjärnorna ännu en annan.
Den ena stjärnan skiljer sig från
den andra i glans.

- 1 Korinterbrevet 15:40-41 -

Lyckan i himlen kan inte jämföras ens med de bästa och underbara ting här på jorden. Även om du har det trevligt tillsammans med dina kära på en strand och blickar ut över horisonten, varar denna lycka endast en stund och är inte sann. I bakhuvudet finns fortfarande saker och ting som du oroar dig över, sådant som du kommer att möta när du återvänder till vardagslivet. Om du upprepar denna livsstil i en eller två månader, eller i ett år, kommer du snart bli trött på det och börja leta efter något nytt.

Men livet i himlen, där allt är klart och vackert som kristall, är lyckan i sig själv eftersom allt är nytt, hemlighetsfullt, glatt och lyckligt hela tiden. Du kan njuta av underbara stunder med Gud Fadern och Herren, eller ha trevligt med dina hobbyer, favoritspel, och allt annat som är intressant för dig, så mycket du vill. Låt oss ta en titt på hur Guds barn kommer att leva när de kommer till himlen.

1. Livsstilen i Himlen

När din fysiska kropp förvandlas till en andlig kropp, som består av ande, själ och kropp i himlen, kommer du att kunna känna igen din fru, man, barn, och föräldrar från den här jorden. Du kommer också känna igen din pastor eller din församling här på jorden. Du kommer också komma ihåg sådan som har blivit bortglömt här på jorden. Du kommer att bli mycket vis eftersom du kommer att kunna urskilja och förstå Guds vilja.

Somliga undrar, ”Kommer alla mina synder bli exponerade i himlen?” Det kommer inte att ske. Om du redan har omvänt dig, kommer Gud inte längre ihåg dina synder, så långt öster är från väster (Psaltaren 103:12), men Han kommer ihåg dina goda gärningar eftersom dina synder redan har förlåtits då du är i himlen.

När du kommer till himlen, på vilket sätt kommer du att förändras och leva?

Den himmelska kroppen

Människor och djur på den här jorden har sina egna former så att man känner igen varje levande varelse som till exempel en elefant, ett lejon, en örn, eller en människa.

Precis som det finns en kropp med sin egen form i denna tredimensionella värld, finns det en unik kropp i himlen, vilken är en fyrdimensionell värld. Den kallas den himmelska kroppen. I himlen kommer vi känna igen varandra genom detta. Hur ser då en himmelsk kropp ut?

När Herren återvänder på skyarna, kommer varenda en att förvandlas till uppståndelsekroppar som är den andliga kroppen. Denna uppståndelsekropp kommer efter den stora domen att förvandlas till den himmelska kroppen, viken är på en högre nivå. Beroende på varje persons belöning, kommer den härlighet som utstrålar från dessa himmelska kroppar att vara olika.

En himmelsk kropp har ben och kött som Jesu kropp hade just efter Hans uppståndelse (Johannes 20:27), men det är den nya kroppen som består av en ande, en själ och en odödlig kropp. Vår dödliga kropp förändras till en ny kropp genom Guds ord och kraft.

Den himmelska kroppen som består av eviga, odödliga ben och muskler, kommer att skina eftersom den är upplivad och ren. Även om man har saknat en arm eller ett ben, eller varit handikappad, kommer den himmelska kroppen återhämta sig och bli en perfekt kropp.

Den himmelska kroppen är inte suddig som en skugga, utan har en klar form, och är inte underställd tid och rum. Det var därför som Jesus, när Han uppenbarade sig för lärjungarna efter uppståndelsen, kunde gå rakt igenom väggar utan problem (Johannes 20:26).

Kroppen här på jorden blir rynkig och sträv när den blir gammal, men den himmelska kroppen kommer att hållas fräsch som en oförgänglig kropp, behålla sin ungdom och skina som solen.

33 år gammal

Många människor undrar om den himmelska kroppen är stor som en vuxens eller liten som ett barns. I himlen kommer alla, oavsett om man dog ung eller gammal, att för evigt vara 33 år ung, den ålder som Jesus var i när Han korsfästes på denna jord.

Varför låter Gud dig leva som 33 år för evigt i himlen? Precis som solen skiner som klarast runt 12-tiden, är åldern runt 33 höjdpunkten i en persons liv.

De som är yngre än 30 kan vara något oerfarna och omogna, och de som är över 40 förlorar sin energi i det att de blir äldre. Runt 33-årsåldern är människor mogna och vackra i alla avseenden. De flesta gifter sig då, får barn och uppfostrar dem, och förstår, till en viss grad, Guds hjärta som kultiverar människor på denna jord.

På detta sätt förändrar Gud dig till en himmelsk kropp så att du kan förbli ung i 33 års ålder, den underbaraste tiden i människans liv, för evigt i himlen.

Det finns inga biologiska släktskap

Hur roligt skulle det vara om man bodde i himlen med det fysiska utseende man hade då man lämnade den här jorden? Låt oss säga att en man dog i 40-årsåldern och kom till himlen. Hans son kom till himlen när han var 50 år och hans sonson dog när han var 90 år gammal och kom till himlen. När de träffas i himlen kommer sonsonen vara den äldsta, och farfadern vara den yngsta.

I himlen, där Gud råder med sin rättfärdighet och kärlek, kommer alla att vara 33 år gamla, och biologiska eller fysiska släktskap och förhållanden från den här jorden gäller inte längre.

Ingen kallar någon för ”pappa,” ”mamma,” ”son” eller ”dotter” i himlen trots att de var föräldrar och barn här på jorden. Det beror på att alla är bröder och systrar till varandra eftersom man är Guds barn. Eftersom de vet att de hade varit föräldrar och barn på den här jorden och älskat varandra väldigt mycket, kommer de att ha en ännu mer speciell kärlek till varandra.

Men vad händer om en mor kommer till det Andra Kungadömet och hennes son till Nya Jerusalem? Här på jorden ska förstås en son betjäna sin mor. I himlen kommer dock modern att böja sig inför sin son eftersom han efterliknar Gud

Fadern mer, och ljuset som kommer ut ur hans himmelska kropp kommer att skina mer än hennes.

Därför kommer man inte att kalla andra genom de namn och titlar man använde på den här jorden, men Gud Fadern ger nya, lämpliga namn som har andlig betydelse till varenda en. Till och med här på jorden ändrade Gud på Abrams namn till Abraham, Sarai till Sara, och Jakob till Israel, vilket betyder att han hade kämpat mot Gud och segrat.

Skillnader mellan män och kvinnor i himlen

I himlen gifter man sig inte mer, men det finns fortfarande en klar skillnad mellan män och kvinnor. För det första är männens längd runt 1,85-1,88 m och kvinnorna är ungefär tio centimeter kortare.

En del människor har komplex över sin längd, att de är för korta eller för långa, men i himlen behöver man inte ha det problemet. Man behöver inte heller ha komplex över sin vikt eftersom alla kommer att ha den form som klär en bäst.

En himmelsk kropp känner inte någon tyngd även då det verkar som om den har vikt, så även om man går på blommorna, pressas de inte ner eller går sönder. En himmelsk kropp kan inte bli vägd, men den kan inte blåsas bort av vinden utan är väldigt stabil. Om kan alltså väga den trots att man inte kan känna den betyder att kroppen har en form och ett utseende. Det är som att lyfta ett pappersark, man känner ingen tyngd, men vet ändå att den väger något.

Håret är blont med lite vågor. Männens hår når ner till nacken, men kvinnornas längd skiljer sig från den ena till den andra. Långt hår på en kvinna indikerar att hon har fått ta emot stora belöningar, och håret når som längst ner till midjan. Därför är det en oerhörd ära och stolthet att ha långt hår för kvinnor (1 Korinterbrevet 11:15).

Här på jorden strävar kvinnorna efter att ha en vit och mjuk hud. De använder kosmetiska produkter för att behålla spänsten och mjukheten i huden, för att slippa rynkor. I himlen kommer alla att ha en fläckfri hy som är så vit och klar, ren och skinande med härlighetens ljus.

Eftersom det inte finns någon ondska i himlen kommer det inte finnas något behov av smink eller att tänka på sitt yttre eftersom allt där ser vackert ut. I härlighetens ljus som strålar ut ur den himmelska kroppen kommer allt skina vitare, klarare och mer strålande efter den grad av helgelse som var och en har uppnått och hur mycket man efterliknar Herrens hjärta. På detta sätt är allt ordnat och bevaras.

De himmelska människornas hjärtan

Människor med den himmelska kroppen har andens eget hjärta, vilket är den gudomliga naturen som inte har någon ondska alls. Precis som människor vill uppleva det som är gott och skönt på den här jorden, vill även dessa hjärtan i människorna med himmelska kroppar känna skönheten hos andra, se på den och uppleva allt behagligt. Ändå finns det inte någon girighet eller avundsjuka alls.

Här på jorden ändrar människor sig efter hur mycket de kan dra fördelar för egen del, och de lessnar på saker och ting, även om det är vackra och goda ting. Människorna med himmelska kroppars hjärtan har ingen listighet och förändras aldrig.

Här på jorden kan till exempel fattiga människor till och med äta billig mat med låg kvalitet och njuta av den. Blir de lite rikare är de inte längre nöjda med vad som brukade vara smakfullt och letar nu efter bättre mat. Om man köper en ny leksak till barnen är de väldigt glada i början, men efter några dagar lessnar de på den och vill ha en ny. I himlen kommer man inte ha denna inställning, så om man tycker om något en gång, kommer man att tycka om det för alltid.

2. Kläder i Himlen

En del tror att kläderna i himlen kommer vara likadana, men så är inte fallet. Gud är Skaparen, och den Rättfärdige Domaren, som ger tillbaka efter vad man har gjort. Precis som belöningarna i himlen skiljer sig åt, kommer också kläderna att vara olika efter de gärningar man har gjort här på jorden (Uppenbarelseboken 22:12). Vilka slags kläder kommer du ha på dig och hur kommer du att utsmycka dem i himlen?

Himmelsk klädsel i olika färger och design

I himlen är basplaggen skinande, vita och ljusa kläder. De är mjuka som silke, böljar vackert och så ljusa att det ser ut som om de inte väger något alls.

Efter hur mycket man har helgats är det ljus som strålar ut från kläderna olika, och klarheten olika. Ju mer man efterliknar Guds heliga hjärta, desto klarare och skinande kommer kläderna att vara.

Det är också beroende på hur mycket man har arbetat för Guds rike och förhärligat Honom, vilken design och vilket material som kommer att ges.

Här på jorden bär människor olika slags kläder beroende på deras sociala och ekonomiska status. På samma sätt är det i himlen, man bär kläder med mer färger och design ju högre position man har i himlen. Även håruppsättningar och accessoarer är olika.

Förr i tiden kände man igen varandras sociala klass enbart genom att se färgerna på deras klädsel. På samma sätt kan himmelska människor känna igen positionen och mängden belöningar hos var och en till och med i himlen. Kläder i specifika färger och design visar att den personen har tagit emot större ära och skiljer sig från andra.

De som därför har kommit in i Nya Jerusalem eller bidragit mycket till Guds rike tar emot de vackraste, färggrannaste och klaraste kläderna.

Å ena sidan, om man inte har gjort mycket för Guds rike kommer man endast att ta emot ett fåtal klädesplagg i himlen. Å andra sidan, om man har arbetat så mycket med tro och kärlek, kommer man att kunna ta emot ett oräkneligt antal klädesplagg i många olika färger och design.

Himmelsk klädsel med olika utmärkelser

Gud kommer att ge kläder med olika utmärkelser för att visa härligheten hos varenda en. Precis som en kunglig familj förr i tiden visade sina positioner genom att placera ut speciella utmärkelser på sina kläder, kommer kläderna i himlen att ha olika utmärkelser för att visa ens himmelska position och ära.

Det finns utmärkelser av tacksamhet, lovsång, bön, glädje, ära och så vidare som kan sys in på den himmelska klädnaden. När du sjunger lovsånger i detta liv med ett tacksamt sinne för Gud Fadern och Herrens kärlek och nåd, eller när du sjunger för att ära Gud, tar Han emot ditt hjärtas lovsång som en underbar doft och syr in lovsångsutmärkelser på dina kläder i himlen.

Utmärkelser av glädje och tacksamhet kommer att pryda kläderna för människorna som i sanning har varit tacksamma och fulla av glädje i sina hjärtan i det att de kom ihåg Gud Faderns nåd som gav dem evigt liv och himmelriket, till och med under sorger och prövningar på jorden.

Vidare kommer utmärkelser av bön pryda kläderna för dem som under sina liv har bett för Guds rike. Bland alla dessa kommer den vackraste utmärkelsen vara ärans utmärkelse. Det är den svåraste att förtjäna. Den ges endast till dem som gjort allting till Guds ära från deras sanna hjärtan. Precis som en kung eller en president belönar en soldat som gjort något utmärkande med en speciell medalj eller hedersmedalj, kommer denna utmärkelse av ära ges speciellt till dem som har arbetat uthålligt och mycket för Guds rike och gett stor ära till Honom. Den som därför får kläder dekorerade med ärans utmärkelse är den ädlaste i himmelriket.

Belöningar i form av kronor och juveler

Det finns ett oräkneligt antal juveler i himlen. Somliga av dem ges som belöningar och sys in i kläder. I Uppenbarelseboken kan man läsa om Herren som bär en gyllene krona och ett bälte runt hans bröst, och många belöningar ges också till Honom av Gud.

Bibeln nämner många olika slags kronor. Kriterierna för att ta emot kronor och värdet på dem skiljer sig åt eftersom de ges som belöningar.

Det finns många slags kronor som ges efter var och ens gärningar som en oförgänglig krona [segerkrans, Svenska Folkbibeln] som ges till alla som tävlar (1 Korinterbrevet 9:25), härlighetens krona till dem som förhärligar Gud (1 Petrusbrevet 5:4), livets krona till dem som varit trogna intill döden (Jakobs brev 1:12; Uppenbarelseboken 2:10), den gyllene kronan som de 24 äldste bär runt Guds tron (Uppenbarelseboken 4:4, 14:14), och rättfärdighetens krona vilken aposteln Paulus längtade efter (2 Timoteusbrevet 4:8).

Det finns också många kronor i olika former som är dekorerade med juveler som de gulddekorerade, blomsterdekorerade, pärlfyllda kronor, och så vidare. Man kan känna igen någons helighet och belöningar genom den kronan personen tagit emot.

På jorden kan vem som helst med pengar köpa juveler, men i himlen kan man bara ha juveler om de har givits till en som belöningar. Faktorer som hur många människor du ledde till frälsning, hur mycket pengar du offrat med ett sant hjärta och graden av trofasthet du har visat bestämmer hur många olika slags belöningar som ges. Därför måste juvelerna och kronorna vara olika eftersom de ges till var och en efter deras gärningar. Ljuset, skönheten, och härligheten, och antal juveler och kronor är också olika.

På samma sätt är det med boplatserna och husen i himlen.

Boplatserna skiljer sig åt efter var och ens tro, storleken, skönheten, guldets klarhet och andra juveler i de personliga husen är olika. Vi kommer att titta närmare på dessa saker i kapitel 6 och vidare.

3. Mat i Himlen

När de första människorna Adam och Eva levde i Edens lustgård åt de endast frukt och fröbärande växter (1 Mosebok 1:29). Men efter att Adam drivits ut ur Edens lustgård på grund av hans olydnad, började de äta av det som fälten gav. Efter den stora översvämningen fick människor tillåtelse att äta kött. På det sätt som människan har blivit mer och mer ond, har också maten förändrats på samma sätt.

Vad kommer man att äta i himlen då, där det inte finns någon ondska alls? Somliga kanske undrar om den himmelska kroppen behöver äta. I himlen kan man dricka Livets vatten, och äta och känna lukten av olika slags frukter för att känna glädje.

Den himmelska kroppens andning

Mänskligheten här på jorden andas, så gör också himmelska kroppar i himlen. Naturligtvis behöver inte den himmelska kroppen andas alls, men den kan vila medan den andas, på det sätt som man andas här på jorden. Den andas inte bara med dess näsa och mun, utan också med dess ögon, ja alla celler i kroppen, rentav med hjärtat.

Gud andas in väldoften från våra hjärtan eftersom Han är

Ande. Han hade behag till de rättfärdiga människornas offer och kände den ljuva doften från deras hjärtan på det Gamla Testamentets tid (1 Mosebok 8:21). I det Nya Testamentet utlämnade Jesus, som är ren och fläckfri, sig själv för oss som offergåva, ett välluktande offer åt Gud (Efesierbrevet 5:2).

Därför tar Gud emot den ljuva doften från ditt hjärta när du tillber, ber och sjunger lovsånger med ett sant hjärta. När du efterliknar Herren och blir rättfärdig, kan du sprida Kristi väldoft, som i sin tur tas emot som ett dyrbart offer inför Gud. Gud tar emot dina lovsånger och böner med behag genom sina andetag.

I Matteus 26:29 ser du att Herren ber för dig ända sedan Han upptogs till himlen, utan att äta någonting under de senaste två årtusenden. På samma sätt kan den himmelska kroppen i himlen leva utan att äta och andas. Själv kommer du att leva för evigt i himlen eftersom du kommer att förvandlas till en andlig kropp som aldrig kan förgås.

När den himmelska kroppen andas kan den känna ännu mer glädje och lycka, och anden blir föryngrad och förnyad. Precis som människor tänker på vad de äter för att behålla sin hälsa, njuter den himmelska kroppen av att andas in ljuvlig doft i himlen.

När då många olika slags blommor och frukter sprider sin arom andas den himmelska kroppen in den. Även om blommorna sprider samma arom hela tiden, kommer kroppen alltid att känna sig lycklig och tillfredsställd.

När den himmelska kroppen dessutom tar emot den förtjusande aromen från blommor och frukter sugs den upp av kroppen likt parfym. Kroppen kommer att sprida doften tills den helt försvinner. Precis som man mår bra när man sätter på sig parfym här på jorden, kommer den himmelska kroppen känna sig lyckligare när den får inandas denna ljuvliga doft.

Slaggprodukter ut genom andningen

Hur gör människor för att äta och fortsätta sina liv i himlen? I Bibeln kan du se att Herren uppenbarar sig för sina lärjungar efter Hans uppståndelse, och både utandades (Johannes 20:22) och åt mat (Johannes 21:12-15). Orsaken till att den återuppståndne Herren åt mat var inte för att Han var hungrig utan för att Han ville dela glädjen med lärjungarna och låta oss få veta att vi kommer att kunna äta i himlen med den himmelska kroppen. Det är därför som det står i Bibeln att Kristus Jesus åt bröd och fisk till frukost efter Hans uppståndelse.

Varför står det i Bibeln att Herren andades ut till och med efter att Han hade uppstått? När man äter mat i himlen smälts det direkt och lämnar kroppen genom andetagen, så det finns inget behov för uttömning eller toaletter. Hur bekvämt och förundransvärt det är att mat som intagits lämnar kroppen med andetagen som en ljuvlig doft och upplöses!

4. Transporter i Himlen

Genom hela mänsklighetens historia, i det att civilisationen och vetenskapen har avancerat, har snabbare och bekvämare transportsätt som häst och vagn, vagnar, bilar, båtar, tåg, flygplan, och så vidare uppfunnits.

Det finns många olika slags transportmedel i himlen också. Det finns kollektivtrafik som tåg i himlen och privata transportmedel som molnbilar och gyllene vagnar.

I himlen kan de himmelska kropparna färdas väldigt snabbt och till och med flyga eftersom den åker bortom tid och rum, men det är roligare och njutbarare att använda transportmedel som givits som belöningar.

Resa och transport i himlen

Hur glatt och lyckligt det skulle vara om du kunde resa runt överallt i himlen och se alla vackra och förundransvärda ting som Gud har skapat!

Varje hörn av himlen har en unik skönhet, så du kan njuta av varenda del av det. Den himmelska kroppens hjärta förändras aldrig och tröttnar aldrig på att besöka samma plats igen, så att resa runt i himlen är alltid roligt och intressant att göra.

Den himmelska kroppen behöver egentligen inte använda något transportmedel eftersom den aldrig blir trött och till och med kan flyga. Men att använda olika slags fordon gör resan mer bekväm. Det är precis som att åka buss är lite mer bekvämt än att gå, och åka taxi eller köra bil lite mer bekvämt än att åka buss eller åka tunnelbanan här på jorden.

Om du åker himlens tåg, som är utsmyckat med olika juvelers färger, kan du nå din destination till och med utan räls, och det kan fritt röra sig åt höger eller vänster, och till och med upp och ner.

När människorna i Paradiset åker till Nya Jerusalem åker de himlens tåg eftersom de två platserna ligger ganska långt ifrån varandra. Det är stor upplevelse för passagerarna. När de flyger genom klara ljus kan de se de vackra vyerna i himlen genom rutorna. De känner sig ännu lyckligare med tanken på att få se Gud Fadern.

Bland alla transportmedel i himlen finns det en gyllene vagn som en speciell person i Nya Jerusalem åker på när han åker runt himlen. Den har vita vingar och har en knapp på insidan. Om man trycker på den knappen rör den sig automatiskt, och kan åka eller till och med flyga dit ägaren önskar.

Molnbil

Molnen i himlen är som dekorationer för att förstärka himlens skönhet. När den himmelska kroppen åker till platser med molnen runtomkring skiner kroppen mer än när den åker utan molnen. Det kan också göra så att andra känner och hedrar den värdighet, ära och auktoritet som denna andliga kropp har.

Bibeln säger att Herren kommer på molnen (1 Tessalonikerbrevet 4:16-17), och det beror på att det är mer majestätiskt, värdigt och vackert att komma med ett härlighetsmoln än att komma i skyn utan någonting alls. På samma sätt förstärker molnen i himlen Guds barns härlighet.

Om du är kvalificerad att komma in i Nya Jerusalem, kan du få äga mer förundransvärda molnbilar. Det är inte ett moln av ångor som på den här jorden utan ett moln av härligheten i himlen.

Molnbilen visar härligheten, värdigheten och auktoriteten som dess ägare har. Men inte alla kan äga en molnbil eftersom den endast ges till dem som är kvalificerade att komma in i Nya

Jerusalem genom att ha helgat sig själva helt och fullt och som varit betrodda i hela Guds hus.

De som kommer in i Nya Jerusalem kan åka varsomhelst med Herren på dessa molnbilar. Under resans lopp eskorterar och betjänar den himmelska hären och änglarna dem. Det är precis som många ministrar som tjänar en kung eller prins när han är ute och åker. Eskorten och betjänandet från den himmelska hären och änglarna visar också vilken auktoritet och härlighet som ägare har.

Molnbilarna körs vanligtvis av änglarna. Det finns ensätesbilar för privat användning, eller fler-sätesbilar så att många människor kan åka tillsammans. När en herre i Nya Jerusalem spelar golf och rör sig på banan kommer en molnbil och stannar vid hans fötter. När han sätter sig i den börjar fordonet röra sig till bollen på ett väldigt mjukt sätt på en gång.

Tänk dig att du flyger i skyn, åker i en molnbil med den himmelska hären och änglarna i Nya Jerusalem som eskort. Tänk dig också att du åker i en molnbil med Herren, eller att du reser över den oändliga himlen på ett himmelskt tåg med dina nära och kära. Du skulle förmodligen bli överväldigad av glädje.

5. Nöjen i Himlen

En del kanske tror att det inte kan vara så roligt att leva som en himmelsk kropp, men det är det. I denna fysiska värld kan man bli trött på eller inte helt tillfredsställd av allt det roliga, men i den andliga världen är det ”roliga” alltid nytt och uppfriskande.

Ju mer du uppnår en hel ande här i världen, desto djupare

kärlek kommer du att uppleva och ju lyckligare kommer du vara. I himlen kan du inte bara njuta av dina hobbyer utan också av många olika slags nöjen, och det går inte att jämföra nöjet i underhållningen där med något här på jorden.

Ha trevligt med hobbyer och tävlingar

Precis som människor på den här jorden utvecklar sina talanger och får ett rikare liv genom sina hobbyer, kan man ha trevligt med hobbyer i himlen också. Du sysslar inte bara med det som du tyckte om här på jorden utan också sådant som du avstod att njuta av för att kunna göra Guds gärningar. Du kan också lära dig nya saker.

De som är intresserade av att spela musikinstrument kan prisa Gud genom att spela på harpan. Du kan lära dig att spela piano, flöjt, och många andra instrument, och du kommer att lära dig dem väldigt snabbt eftersom alla är mycket visare i himlen.

Du kan också ha samtal med naturen och himmelska djur för att få det ännu trevligare. Plantorna och djuren känner till och med igen Guds barn, välkomnar dem och uttrycker sin kärlek och respekt för dem.

Du kan dessutom finna nöje i många sporter som tennis, basket, bowling, golf och glidflygning, men inte sådana sporter som brottning eller boxning som kan skada andra. Anläggningarna och utrustningarna är inte farliga alls. De är gjorda av förundransvärda material och är utsmyckade med guld och juveler för att skänka än mer lycka och njutning medan man njuter av sporten.

Sportutrustningarna känner också igen hjärtan på människor och ger mer glädje. Om du till exempel har roligt med bowling, kan klotet eller käglorna ändra färg, och placera sig i positioner och på det avstånd som du gillar. Käglorna faller med underbart ljus och glada tillrop. Om du vill förlora till fördel för din partner, kommer käglorna flytta sig efter din önskan för att göra dig lyckligare.

I himlen finns det ingen ondska som vill vinna eller besegra någon. Man vinner spelet när man skänker glädje och fördelar till andra. Somliga kanske ifrågasätter meningen med tävlingen om man inte har en vinnare eller förlorare, men i himlen blir man inte glad över att vinna över någon. Att ha roligt i tävlingen är det som betyder något.

Det finns givetvis en del tävlingar där man har roligt genom ett gott och rättvist motstånd. Det finns till exempel en tävling där man vinner beroende på hur mycket doft man andas in från blommorna, blandar dem på bästa sätt och sedan släpper ut den bästa vällukten, och andra liknande.

Olika sorters underhållning

En del som tycker om spel frågar om det finns något som liknar en arkad i himlen. Självklart finns det många spel som är mycket roligare än de som finns på jorden.

Spelen i himlen skiljer sig på det sättet från de här på jorden att man inte blir trött av dem eller får sämre syn. Man blir aldrig less på dem. Istället tar de fram barnasinnet och ger en frid efteråt. När man vinner eller får högsta poängen, känner man sig så otroligt glad och förlorar aldrig intresset för spelet.

Människor i himlen är i himmelska kroppar så de känner sig aldrig rädda för att ramla från åkattraktioner i nöjesparker som till exempel berg-och-dalbanan. De känner bara upprymdhet och välbefinnande. Även om man här på jorden har höjdskräck kan man njuta av sådana saker i himlen så mycket man vill.

Även om man ramlar ur berg-och-dalbanan skadas man inte eftersom man är en himmelsk kropp. man landar väldigt säkert, som en mästare i kampsporter, eller så kommer änglarna att beskydda en. Så tänk dig att åka berg-och-dalbanan, skrikandes med Herren och alla dina nära och kära. Hur glatt och härligt det skulle vara!

6. Tillbedjan, utbildning och kultur i Himlen

Det finns inget behov av att arbeta för mat, kläder och husrum i himlen. Då undrar en del, "Vad ska vi då göra där för evigt? Kommer vi inte att bli hemskt lata och gå på tomgång?" Men det finns ingen orsak till oro alls.

I himlen finns det så mycket som man kan glädja sig av. Det finns en mångfald av intressanta och spännande aktiviteter och evenemang som tävlingar, utbildning, tillbedjansmöten, fester och festivaler, resor och sporter.

Du är varken skyldig eller påtvingad att delta i dessa aktiviteter. Alla kan göra allt frivilligt, och gör det med glädje eftersom det skänker ett sådant överflöd av lycka.

Gudstjänst med glädje inför Gud Skaparen

Precis som man går på gudstjänst och tillber Gud vid en speciell tidpunkt här på jorden, tillber man Gud vid speciella tidpunkter i himlen också. Det är naturligtvis Gud som predikar budskapen och genom sitt budskap kan man lära sig om Guds ursprung, den andliga världen som varken har någon början eller slut.

Här på jorden är det de som utmärker sig i sina studier som ser fram emot lektionerna och att träffa läraren. Till och med i troslivet ser de som älskar Gud och tillber i ande och sanning fram emot de olika gudstjänsterna och att få lyssna på herdens röst som predikar livets ord.

När du kommer till himlen kommer du känna en sådan glädje och lycka över att tillbe Gud och se fram emot att få höra Guds ord. Du kan lyssna på Guds ord genom gudstjänsterna, ha tid att samtala med Gud, eller lyssna på Herrens ord. Det finns också tid för bön. Men man böjer inte knä eller ber med sina ögon slutna som man gör här på jorden. Detta är tiden att småprata med Gud. Böner i himlen är konversationer med Gud Fadern, Herren och den Helige Ande. Hur glada och härliga dessa tillfällen kommer att bli!

Du kan också prisa Gud som du gör på den här jorden. Det är inte med något språk från den här världen utan du kommer att prisa Gud med nya sånger. De som har gått igenom prövningar tillsammans och medlemmar från samma församling här på jorden samlas tillsammans med sin herde för att tillbe och ha tid för gemenskap.

Hur tillber man tillsammans i himlen, speciellt eftersom ens boplatser är på olika platser i himlen? I himlen skiljer sig ljuset åt från de olika himmelska kropparna på varje boplats, så man lånar lämpliga kläder för att åka till platser på högre nivåer. För att därför vara med på en gudstjänst i Nya Jerusalem, som är övertäckt av härlighetens ljus, måste människor från andra platser låna lämpliga kläder.

Precis som man kan delta i och se på samma möte genom satelliter över hela världen samtidigt, kan man dessutom göra det i himlen. Man kan delta och se gudstjänsterna som hålls i Nya Jerusalem från andra platser i himlen, men skärmarna i himlen är så naturliga att det känns som om man var på mötet personligen.

Man kan också inbjuda förfäder i tron som Mose och aposteln Paulus och tillbe tillsammans. Om man ska kunna inbjuda dessa ädla personer måste man dock ha den lämpliga andliga auktoriteten för det.

Studera nya och djupa andliga hemligheter

Guds barn lär sig många andliga ting medan de kultiveras här på jorden, men vad de lär sig är endast steget att ta för att komma till himlen. Efter att man har kommit in i himlen börjar man lära sig om den nya världen.

När Jesu Kristi troende dör hamnar de först i ett område i utkanten av Paradiset där börjar de lära sig himlens vett och etikett från änglarna. De troende som går direkt till Nya Jerusalem hamnar dock inte först i Paradiset.

Precis som människor här på jorden allt eftersom de växer måste utbildas för att passa in i samhället, måste man bli undervisad i detalj hur man uppför sig i den nya andliga världen för att kunna leva i den.

En del undrar varför de fortfarande måste studera i himlen eftersom de lär sig så mycket här på jorden. Att lära sig här på jorden är en andlig träningsprocess och den riktiga inlärningen börjar när man kommer in i himlen.

Det finns dessutom inte något slut på lärandet eftersom Guds rike är obegränsat och varar för evigt. Det spelar ingen roll hur mycket du lär dig, du kan ändå inte helt och hållet lära dig allt om Gud som har existerat sedan före begynnelsen. Du kan aldrig helt känna djupet i Gud som har varit närvarande i all evighet, som har kontrollerat hela universum och allt som finns däri, och som kommer att fortsätta existera i all evighet.

Därför inser du att det finns ett oräkneligt antal ting du kan lära dig om, i den obegränsade andliga världen, och andligt studerande är väldigt intressant och roligt, till skillnad från visst studerande i denna värld.

Andligt studerade är aldrig obligatoriskt och det förekommer inga prov. Du glömmer aldrig vad du lär dig så det är inte alls svårt eller uttröttande. Du kommer aldrig att bli uttråkad eller sysslolös i himlen. Du kommer bara att vara lycklig över att få lära dig sådana förundransvärda och nya ting.

Fester, fester och uppträdanden

Det finns också många slags fester och uppträdanden i himlen. Dessa fester är glädjefyllda höjdpunkter i himlen. Det är där man har det underbart glatt och trevligt, blickandes ut över den rika, vackra, fria härligheten i himlen.

Precis som människor på den här jorden klär upp sig för att gå till prestigefyllda fester, och äter, dricker, och njuter av det bästa, kan man ha fester med människor som har gjort sig så vackra med sina utsmyckningar. Dessa fester är fyllda med underbara danser, sånger, och glädjefyllda skratt och lycka.

Det finns också platser som Carnegie Hall i New York, USA, och Operahuset i Sydney, Australien, där man kan åtnjuta olika uppträdanden. Uppträdanden i himlen är inte för att skryta om sig själv utan endast för att förhärliga Gud, skänka glädje och lycka till Herren och dela dem med andra.

De som uppträder är för det mesta dem som storligen förhärligar Gud med lovsång, danser, musikinstrument, och spelningar här på jorden. Ibland får dessa människor uppträda med samma musikstycke som de uppträdde med på jorden. Det kommer också vara så att de som ville spela på jorden men på grund av olika omständigheter inte kunde göra det, de kan prisa Gud med nya sånger och danser i himlen.

Det finns också biografer i himlen där du kan titta på filmer. Människorna i det Första och Andra Kungadömet ser vanligtvis på filmerna i offentliga lokaler. I det Tredje Kungadömet och Nya Jerusalem har varje person dessa faciliteter i sin bostad. Människor kan titta på filmerna själva eller bjuda in sina nära och kära för en film med lite tilltugg.

I Bibeln står det att aposteln Paulus hade varit till Tredje Himlen, men han fick inte berätta om vad han såg för någon (2 Korinterbrevet 12:4). Det är väldigt svårt att få människor att förstå himlen eftersom det är en okänd värld som inte lätt kan förstås av människor. Det finns istället en stor risk för att de kommer att missförstå.

Himlen tillhör den andliga världen. Det finns så mycket man inte kan förstå eller ens föreställa sig i himlen, där allt är så fyllt av lycka och glädje, mer än vad man någonsin kan uppleva här på jorden.

Gud har förberett en underbar himmel för dig där du får leva, och Han uppmuntrar dig att ha de rätta kvalifikationerna för att kunna komma dit in genom Bibeln.

Därför ber jag i Herrens namn om att du kan ta emot Herren med glädje med rätta kvalifikationer som är nödvändiga för att vara redo som Hans sköna brud när Han kommer tillbaka.

Kapitel 6

Paradiset

1. Skönheten och lyckan i Paradiset
2. Vilka människor kommer till Paradiset?

"Jesus svarade:
Amen säger jag dig:
I dag skall du vara med mig i paradiset."

- Lukas 23:43 -

Alla som tror på Jesus Kristus som sin personlige Frälsare och som har sina namn skrivna i Livets bok kommer att få njuta av evigt liv i himlen. Jag har tidigare förklarat att det finns steg att växa i tron, och boplatserna, kronorna, och belöningarna som ges i himlen beror på varje persons mått av tro.

De som efterliknar Guds hjärta mer kommer att bo närmare Guds tron, och ju längre bort från Guds tron man bor, desto mindre efterliknar man Guds hjärta.

Paradiset är den plats som ligger längst bort från Guds tron och som har minst ljus från Guds härlighet, och det är den lägsta nivån i himlen. Ändå är det ojämförbart mycket vackrare där än på jorden, till och med vackrare än Edens lustgård.

Vad är Paradiset då för en plats och vilka slags människor kommer dit?

1. Skönheten och lyckan i Paradiset

Området i utkanten av Paradiset används som väntplatsen tills den stora Domens dag vid den Vita Tronen (Uppenbarelseboken 20:11-12). Varenda en som har blivit frälsta sedan begynnelsen, förutom de som har kommit direkt in i Nya Jerusalem efter att ha uppnått Guds hjärta och hjälper till med Guds verk, väntar i områdena i utkanten av Paradiset.

Paradiset är så brett att till och med områdena i utkanten av det kan användas som väntplats för så många människor. Trots att det stora Paradiset är den lägsta nivån i himlen är det ändå ojämförbart mycket vackrare och lyckligare plats än denna jord, som har blivit förbannad av Gud.

Eftersom det är en plats där de som blir kultiverade på denna jord kommer till är det så mycket mer lycka och glädje där än i Edens lustgård, där den första människan Adam levde.

Låt oss nu ta en närmare titt på skönheten och lyckan i Paradiset som Gud har uppenbarat och låtit bli känt.

Vida slätter fulla av vackra djur och växter

Paradiset är som en stor, vid slätt, och det finns många välorganiserade lunder och vackra trädgårdar. Många änglar sköter om dessa platser. Fågelsången är så klar och ren, och det genljuder över hela Paradiset. Fåglarna ser nästan ut som fåglarna på den här jorden, förutom att de är något större, och har vackrare fjädrar. Deras sång i grupp är så behaglig.

Träden och blommorna i trädgårdarna är så blomstrande och sagolika. Här på jorden vissnar träden och blommorna efter en tid, men i Paradiset är träden alltid gröna och blommorna vissnar aldrig. När människor närmar sig dem ler blommorna, och ibland utsöndrar de sin unika och underbart blandade doft på avstånd.

Blommande träd bär många sorters frukter som är något större än frukterna på den här jorden. Skalen glänser och ser så läckra ut. Man behöver inte skala dem eftersom det inte finns smuts eller maskar där. Hur underbart och lyckligt det är när människor kommer att sitta runt tillsammans på en vacker äng och samtala med varandra, med korgarna fulla av läckra, aptitretande frukter!

Det finns också många djur på den vida slätten. Bland dem

finns lejon som fridfullt äter av gräset. De är mycket större än lejonen på den här jorden, men inte alls aggressiva. De är så älskvärda med en mild karaktär och ren, skinande man.

Floden med livets vatten flyter stilla förbi

Floden med livets vatten flyter genom hela himlen, från Nya Jerusalem till Paradiset, och den förångas aldrig och blir inte förorenad. Vattnet från denna flod som kommer direkt från Guds tron och som friskar upp allting representerar Guds hjärta. Det är det klara och vackra sinnet som är fläckfritt, oklanderligt och brilliant utan något mörker. Guds hjärta är perfekt och komplett på alla sätt.

Floden med livets vatten som stilla flyter förbi är som det småskvalpande sjövattnet på en solig dag som reflekterar solskenet. Vattnet är så klart och genomskinligt att det inte kan jämföras med något vatten på jorden. När man ser det på avstånd ser det blått ut, och det liknar det djupblåa Medelhavet eller Atlanten.

Det finns vackra bänkar på vägarna vid varje sida av floden med livets vatten. Runt bänkarna står livets träd som bär frukt varje månad. Frukterna från livets träd är större än frukterna på den här jorden, och de luktar och smakar så delikat att det inte finns ord som rätt kan beskriva dem. De smälter som sockervadd när man tar dem i ens mun.

Inga personliga ägodelar i Paradiset

De bär vita kläder vävda i ett stycke, med det finns inga utsmyckningar som broscher för kläderna eller kronor eller spännen för håret. Det är för att de inte har gjort något för Guds rike medan de levde på den här jorden.

Precis som de som kommer till Paradiset inte får några belöningar finns det inte heller några personliga hus, kronor, dekorationer, eller änglar som har fått i uppdrag att betjäna dem. Det finns bara en plats för andarna som lever i Paradiset att bo på och de betjänar varandra.

Paradiset liknar Edens lustgård där det inte finns några personliga hus för varje inneboende, men det finns en betydande skillnad i mängden lycka på de två platserna. Människorna i Paradiset kan kalla Gud ”Abba Fader” eftersom de har accepterat Jesus Kristus och tagit emot den Helige Ande, så de känner en lycka som inte kan jämföras med lyckan i Edens lustgård.

Därför är det en sådan välsignelse och något så dyrbart att ha blivit född in i den här världen, fått uppleva allt slags gott och ont, bli Guds sanna barn och ha tro.

Paradiset är fullt av lycka och glädje

Livet i Paradiset är också fullt av lycka och glädje i sanningen eftersom det inte finns någon ondska och alla söker den andres bästa först. Ingen skadar någon utan alla tjänar varandra med kärlek. Hur underbart detta liv måste vara!

Dessutom behöver de inte oroa sig för boende, kläder, och mat och det faktum att det inte finns några tårar, sorg, sjukdomar, smärtor, eller död är lyckan i sig själv.

”Och han skall torka alla tårar från deras ögon.

Döden skall inte finnas mer och ingen sorg och ingen gråt och ingen plåga. Ty det som förr var är borta" (Uppenbarelseboken 21:4).

Precis som det finns ledaränglar bland änglarna finns det en hierarki bland människorna i Paradiset också, representanter och de som representeras. Eftersom varje persons handlingar i tro är olika kommer de som har en relativt större tro bli satta som representanter att ta hand om en plats eller en grupp människor.

Dessa människor bär andra kläder än de vanliga människorna i Paradiset och har förmånsrätt i allt. Det är inget som är orättvist, utan något som är bestämt genom Guds opartiska rättvisa att ge tillbaka till någon efter hans gärningar.

Eftersom det inte finns någon svartsjuka eller avundsjuka i himlen hatar inte personer det eller blir förolämpade när bättre saker ges till andra. Istället är de lyckliga och glada över att se andra ta emot bättre saker.

Du behöver inse att Paradiset är ojämförligt mycket skönare och lyckligare plats än den här jorden.

2. Vilka människor kommer till Paradiset?

Paradiset är en vacker plats som är skapad genom Guds stora kärlek och barmhärtighet. Det är platsen för dem som inte är tillräckligt kvalificerade för att kallas Guds sanna barn, men som har känt Gud och trott på Jesus Kristus och som därför inte kan sändas till helvetet. Så vilka slags människor kommer till Paradiset?

Omvänder sig just innan dödsögonblicket

För det första, Paradiset är först och främst en plats för dem sin omvände sig just innan de dog och accepterade Jesus Kristus och blev frälsta, precis som brottslingen som hängde på ena sidan om Jesus. Om man läser Lukas 23:39 och vidare ser man att det var två brottslingar som blev korsfästa på var sida om Jesus. En brottsling utöste förolämpningar på Jesus, men den andre tillrättavisade den första, omvände sig, och accepterade Jesus som sin Frälsare. Sedan sa Jesus till brottslingen som omvände sig att han hade blivit frälst. Han sa så här, "Amen säger jag dig, idag skall du vara med mig i paradiset." Brottslingen hade just accepterat Jesus som sin Frälsare. Han hade inte gjort sig av med sina synder eller levt efter Guds ord och eftersom han accepterade Herren just innan han dog, hade han inte tid att lära sig Guds ord och handla efter det.

Paradiset är till för dem som har accepterat Jesus Kristus, men som inte har gjort någonting för Guds rike, precis som denne brottsling i Lukas 23.

Om du då tänker, 'Jag ska acceptera Herren just innan jag dör så att jag åtminstone kan komma in i Paradiset som är så lyckligt och undrbart, och som inte kan jämföras med någonting på den här jorden,' så är det en dålig idé. Gud tillät brottslingen på den ena sidan att bli frälst därför Han visste att brottslingen hade ett gott hjärta och skulle älska Gud till slutet och inte överge Herren om han hade haft mer tid att leva.

Men inte alla kan acceptera Herren just innan de dör, och tron kan inte bara ges på ett ögonblick. Därför behöver du förstå att det är sällsynt med sådana fall som brottslingen på ena sidan om Jesus som blev frälst just innan sin död.

Även människor som tagit emot skamfylld frälsning har fortfarande mycket ondska kvar i sina hjärtan även när de har blivit frälsta eftersom de har levt som de ville själva.

De kommer att vara tacksamma till Gud för evigt för det faktum att de är i Paradiset och njuter av evigt liv i himlen enbart därför att de accepterade Jesus Kristus som sin Frälsare, trots att de inte har gjort någonting med tro på den här jorden.

Paradiset är så annorlunda än Nya Jerusalem där Guds tron är, men det faktum att de inte hamnade i helvetet utan blev frälsta är tillräckligt för att fylla dem med lycka och glädje.

Saknar tillväxt i andlig tro

För det andra, även om människor accepterat Jesus Kristus och har tro, tar de emot en skamfylld frälsning och kommer till Paradiset om de inte växer i sin tro. Inte bara nya troende utan också de som har varit troende en lång tid måste hamna i Paradiset om deras tro förblir på den första trosnivån hela tiden.

Gud tillät mig en gång att höra en troendes redogörelse. Han hade varit i tron under en lång tid, och är för närvarande i himlens väntplats i utkanten av Paradiset.

Han föddes in i en familj som inte kände Gud alls och som tillbad avgudar, och först senare i sitt liv började han leva ett kristet liv. Men eftersom han inte hade sann tro levde han fortfarande i synd och förlorade synen på sitt ena öga. Han insåg vad sann tro var efter att ha läst min vittnesbördsbok En smak av evigt liv före döden, blev medlem och levde ett kristet liv i denna församling, och hamnade senare i himlen.

Jag kunde höra hans redogörelse som var full av glädje över att han hade blivit frälst och hamnat i Paradiset efter att ha lidit mycket sorg, smärtor, och sjukdomar under sitt liv här på jorden.

”Jag är så fri och lycklig över att komma hit upp efter att ha lämnat mitt kött. Jag vet inte varför jag försökte hålla fast vid köttsliga ting. Allt det var meningslöst. Att hålla fast vid köttsliga ting är så meningslöst och värdelöst eftersom jag har kommit hit när jag lämnade kroppen.

I mitt liv på jorden fanns det tillfällen av glädje och tacksamhet, besvikelser och förtvivlan. När jag ser på mig själv här i denna bekvämlighet och lycka, påminns jag av de gånger då jag försökte hålla fast vid det meningslösa livet och hålla mig kvar i det meningslösa livet. Men min själ saknar ingenting nu när jag är på denna sköna plats, och bara det faktum att jag kan vara på en räddande plats ger mig stor glädje.

Jag har det verkligen bra på denna plats. Jag mår så bra eftersom jag lämnat min kropp och jag njuter av att jag har kommit till denna fridfulla plats efter det uttröttande livet på jorden. Jag förstod inte riktigt hur härligt det var att göra sig av med köttet, men jag är så fridfull och full av glädje för att ha lämnat köttet och kommit till denna plats.

Att inte kunna se, inte kunna gå, och inte kunna göra så mycket var en fysisk utmaning för mig på den

tiden, men jag är så glad och tacksam över att ha tagit emot evigt liv och kommit hit eftersom jag känner att jag kan vara på denna fantastiska plats på grund av allt det andra.

Jag befinner mig inte i det Första Kungadömet, det Andra Kungadömet, det Tredje Kungadömet, eller Nya Jerusalem, jag är bara i Paradiset men jag är så tacksam och glad över att vara i Paradiset.

Min själ är tillfredsställd med detta.
Min själ lovsjunger för detta.
Min själ är lycklig med detta.
Min själ är tacksam för detta.

Jag är fylld av glädje och tacksamhet över att jag har avslutat det fattiga och miserabla liv och kommit till detta bekväma liv."

Tillbakagång i tron på grund av prövningar

Till sist, det finns människor som har varit trofasta, men som gradvis blivit ljumma i sin tro av en mängd olika orsaker, och med nöd och näppe tar emot frälsningen.

En äldstebroder i min församling hade tjänat trofast på många sätt i församlingen. Hans tro verkade stor på utsidan, men en dag blev han plötsligt allvarligt sjuk. Han kunde inte ens tala och kom för att få förbön. Istället för att be om helande fick jag be om hans frälsning. Hans själ plågades svårt av fruktan på grund av en kamp mellan änglarna som försökte ta honom till himlen och de onda andarna som försökte ta honom till helvetet. Om han hade haft tillräckligt med tro för att bli frälst, hade de onda andarna inte kunnat komma för att ta honom. Omedelbart började jag be för att driva bort de onda andarna och bad till Gud om att Han skulle ta emot denne man. Direkt efter denna bön fick mannen tröst och började gråta. Han omvände sig just innan han dog och blev med nöd och näppe frälst.

Även om du har tagit emot den Helige Ande och blivit utsedd till diakon eller äldstebroder, är det skamfyllt i Guds ögon att på samma sätt leva i synd. Om du inte vänder dig bort från en ljummen livsstil, kommer den Helige Ande i dig att gradvis försvinna, och du kommer inte att bli frälst.

> *"Jag känner dina gärningar. Du är varken kall eller varm. Jag skulle önska att du vore kall eller varm. Men eftersom du är ljum och varken varm eller kall, skall jag spy ut dig ur min mun"* (Uppenbarelseboken 3:15-16).

Därför behöver du inse att det är en skamfylld frälsning som gör att man kommer till Paradiset och därför bli ännu mer entusiastisk och ivrig över att se din tro mogna.

Denne man hade tidigare blivit helad efter förbön av mig och till och med hans fru hade blivit räddad med en hårsmån från döden genom min bön. Genom att lyssna på livets ord blev hans familj en lycklig familj efter att ha haft många svårigheter. Han mognade och blev en trofast arbetare åt Gud genom sina ansträngningar och han var trogen alla sina uppgifter.

Men när församlingen mötte svårigheter försökte han inte

försvara och beskydda församlingen utan tillät istället sina tankar bli kontrollerade av Satan. Orden som kom ut ur hans mun skapade en hög mur av synd mellan honom och Gud. Till slut kunde han inte längre stå under Guds beskydd och blev slagen av en allvarlig sjukdom.

Som Guds arbetare skulle han inte ha sett eller lyssnat på något annat som var emot sanningen och Guds vilja, men istället ville han lyssna på onda rykten och spred dem. Gud kunde inte annat än att vända bort sitt ansikte från honom eftersom han vände Guds stora nåd ryggen efter att han hade blivit botad från en allvarlig sjukdom.

Därför smulades hans belöningar sönder och han hade inte styrka att be. Hans tro regredierade och nådde till slut den punkt där han inte ens var säker på frälsningen. Lyckligtvis kom Gud ihåg hans tjänst till församlingen i det förgångna så mannen kunde ta emot den skamfyllda frälsningen eftersom Gud gav honom nåd att omvända sig från det han hade gjort tidigare.

Fylld av tacksamhet över att ha blivit frälst

Vilket uttalande skulle han ge när han blev frälst och sänd till Paradiset? Eftersom han blev frälst i korsningen mellan himlen och helvetet kunde jag höra honom tala med sann frid.

> **"Jag blev frälst så här. Trots att jag är i Paradiset är jag tillfredsställd eftersom jag blev befriad från all fruktan och svårigheterna. Min ande, som skulle ha gått ner i mörkret, har kommit till detta underbara och fridfulla ljus."**

Så stor hans glädje blev för att han blev befriad från fruktan för helvetet! Eftersom han blev frälst på ett skamfyllt sätt, trots att han var en äldstebroder i församlingen, lät Gud mig höra hans omvändelsebön medan han var i den Övre Graven innan han gick in i väntplatsen i Paradiset. Han omvände sig från sina synder där också, och tackade mig för att jag hade bett för honom. Han lovade också Gud att fortsättningsvis be för församlingen och mig som han hade betjänat, tills han möter mig igen i himlen.

Allt sedan mänsklighetens kultivering här på jorden har det funnits fler människor som hade kvalifikationerna att komma till Paradiset än det totala antalet människor som har kunnat komma till andra platser i himlen.

De som med nöd och näppe har blivit frälsta och kommit till Paradiset är så tacksamma och lyckliga över att de kan njuta av bekvämligheten och välsignelserna i Paradiset eftersom de inte hamnade i helvetet trots att de inte hade levt ett ordentligt kristet liv på jorden.

Men lyckan i Paradiset kan inte ens jämföras med den i Nya Jerusalem, och det är också en stor skillnad till nästa nivå, det Första Kungadömet i himlen. Därför behöver du inse att det är som är viktigare för Gud inte är hur många år du har haft tron, utan den attityd som ditt inre hjärta har gentemot Gud och hur du handlar efter Guds vilja.

Idag bedriver många människor ett liv i den syndfulla naturen medan de hävdar att de har den Helige Ande. Dessa människor kan endast med nöd och näppe ta emot en skamfull frälsning och komma till Paradiset eller kanske falla in i döden som är helvetet eftersom den Helige Ande i dem försvinner.

Det finns namnkristna som blir arroganta när de hör och lär sig mycket av Guds ord, och dömer och fördömer andra troende trots att dessa har levt kristna liv under en lång tid. Det spelar ingen roll hur entusiastiska och trofasta de är till Guds tjänstegåvor, det har ingen betydelse om de inte inser ondskan i sina hjärtan och gör sig av med sina synder.

Därför ber jag i Herrens namn att du, ett Guds barn som har tagit emot den Helige Ande, gör dig av med dina synder och all slags ondska och strävar efter att enbart handla i enlighet med Guds ord.

Kapitel 7

Himlens Första Kungadöme

1. Dess skönhet och lycka övergår Paradisets

2. Vilka människor kommer till det Första Kungadömet?

Men alla som tävlar
underkastar sig i allt hård träning –
de för att vinna en segerkrans som vissnar,
vi för att vinna en som aldrig vissnar.

- 1 Korinterbrevet 9:25 -

Paradiset är platsen för dem som har accepterat Jesus Kristus men som inte har gjort någonting med sin tro. Det är en mycket vackrare och lyckligare plats än den här jorden. Hur mycket vackrare skur då inte det Första Kungadömet, platsen för dem som försöker att leva efter Guds ord?

Det Första Kungadömet är närmare Guds tron än Paradiset, men det finns många bättre platser i himlen. Ändå är de som kommer till det Första Kungadömet tillfredsställda med vad de har fått, och känner sig lyckliga. Det är som en guldfisk som är tillfredsställd med att vara i fiskskålen, utan att vilja ha mer.

Du kommer att få se mer i detalj vilken slags plats det Första Kungadömet är, vilket är nivån högre än Paradiset, och vilka slags människor som kommer dit.

1. Dess skönhet och lycka övergår Paradisets

Eftersom Paradiset är platsen för dem som inte har gjort något med tro kommer det inte att finnas några personliga ägodelar som belöningar där. Från det Första Kungadömet och uppåt ges dock personliga ägodelar som hus och kronor som belöningar.

I det Första Kungadömet bor man i sitt eget hus och tar emot belöningar som kommer att vara för evigt. Det är en sådan härlighet i sig själv att få äga sitt eget hus i himlen, så varenda en i det Första Kungadömet känner en lycka som inte kan jämföras med den i Paradiset.

Personliga hus underbart utsmyckade

De personliga bostäderna i det Första Kungadömet är inte separata hus men liknar lägenheterna här på jorden men de är inte byggda av cement eller tegel, utan med underbara himmelska material som guld och juveler.

Dessa hus har inte trapphus utan bara sagolika hissar. På den här jorden måste man trycka på knappen, men i himlen åker de automatiskt till den våning man önskar.

Bland dem som har varit till himlen finns det dem som vittnar om att de såg lägenheter i himlen. Det beror på att de av många himmelska platser såg det Första Kungadömet. Dessa lägenhetsliknande hus har allt som är nödvändigt för att bo så det blir inte alls obekvämt eller besvärligt.

Det finns musikinstrument för dem som tycker om musik så att de kan spela på dem och böcker för dem som tycker om att läsa. Varenda en har ett personligt område där han eller hon kan vila, och det är verkligen trivsamt.

Det Första Kungadömets omgivningar gjorda efter mästarens önskemål på det här sättet. Det är en mycket vackrare och lyckligare plats än Paradiset, full av en glädje och komfort som man aldrig kan uppleva på den här jorden.

Offentliga parker, sjöar, badplatser och liknande

Eftersom husen i det Första Kungadömet inte är fristående hus finns det offentliga parker, sjöar, badplatser/pooler och golfbanor. Det är precis som för människor på den här jorden som bor i lägenheter och delar grönområden, tennisbanor och pooler tillsammans.

Dessa offentliga områden slits aldrig ut eller bryts ner eftersom änglar ser alltid till att de förblir i sitt bästa tillstånd. Änglar hjälper människor att använda dessa faciliteter, så det blir inga problem trots att det är offentliga utrymmen.

Det finns inga betjänande änglar i Paradiset, men i det Första Kungadömet kan människor få hjälp från änglar. Människorna där känner en helt annan slags glädje och lycka. Trots att det inte finns en ängel till en specifik person finns det änglar som tar hand om omgivningarna.

Om man till exempel vill ha några frukter medan man samtalar med sina nära och kära, sittandes på gyllene bänkar nära floden med livets vatten, kommer änglarna omedelbart med frukter och serverar en artigt. Eftersom det finns änglar som hjälper Guds barn känns lyckan och glädjen så annorlunda för dem än för människorna i Paradiset.

Det Första Kungadömet är överlägset Paradiset

Till och med färgerna och dofterna från blommorna och glansen och skönheten i djurens päls är annorlunda än Paradisets. Det beror på att Gud tillhandahåller allt i enlighet med den trosnivå som människor har i himlen på varje plats.

Till och med människorna här på jorden har olika levnadsnivåer. Blomexperter kan till exempel bedöma varje blommas skönhet efter många olika kriterier. I himlen skiljer sig dofterna från blommorna åt på de olika boplatserna. Även på samma plats har varje blomma en unik doft.

Gud har skapat blommorna på ett sådant sätt att

människorna i det Första kungadömet mår som allra bäst när de känner doften från dem. Även frukternas smak skiljer sig åt i de olika boplatserna i himlen. Gud har skapat färgerna och lukten från varje frukt efter den nivå som varje boplats har.

Hur förbereder man och vad serverar man när man har en viktig gäst på besök här på jorden? Man försöker se till att maten passar gästens smak och på så sätt göra ens gäst mycket glad.

På samma sätt har Gud noggrant tänkt igenom och förberett allt så att Hans barn skulle bli tillfredsställda i alla aspekter.

2. Vilka människor kommer till det Första Kungadömet?

Paradiset är platsen i himlen för dem som befinner sig på den första trosnivån, frälsta genom tro på Jesus Kristus men som inte har gjort något för Guds rike. Vilka människor kommer till det Första Kungadömet som överskuggar Paradiset och få njuta av evigt liv där?

Människor som försöker leva efter Guds ord

Det Första Kungadömet i himlen är platsen för dem som har accepterat Jesus Kristus och försökt leva efter Guds ord. De som just har accepterat Herren går till kyrkan på söndagar och lyssnar till Guds ord, men förstår inte riktigt vad synd är, varför de behöver be, och varför de behöver göra sig av med sina synder. På första trosnivån befinner också de som har upplevt glädjen i den första kärleken i det att de blev födda av vatten och den

Helige Ande, men som förstår inte var synd är och har ännu inte upptäckt sin synd.

Om man når till den andra trosnivån inser man sina synder och rättfärdigheten med hjälp av den Helige Ande. Så man försöker leva efter Guds ord, men klarar det inte direkt. Det är som ett barn som just har börjat lära sig att gå: det måste fortsätta att gå och ramla hela tiden.

Det Första Kungadömet är platsen för dessa människor, som försökt leva efter Guds ord, och kronorna som varar för evigt kommer att ges till dem. Precis som idrottsmän som tävlar efter reglerna (2 Timoteusbrevet 2:5-6) måste Guds barn kämpa trons goda kamp efter sanningen. Om man ignorerar dessa regler i den andliga världen, vilka är Guds lag, precis som en idrottsman som inte tävlar efter reglerna, har man en död tro. Då kommer man inte anses vara en deltagare och få någon krona.

Men till dem i det Första Kungadömet ges en krona eftersom de har försökt leva efter Guds ord trots att deras gärningar inte var tillräckliga. Men det är fortfarande en skamfylld frälsning. Det beror på att de inte har levt fullständigt efter Guds ord trots att de hade tro att nå det första kungadömet.

Skamfylld frälsning om verket brinner upp

Vad är exakt en ”skamfylld frälsning?” I 1 Korinterbrevet 3:12-15 kan vi läsa att vars och ens verk som man har byggt upp kan antingen bestå eller brinna upp.

”Om någon bygger på den grunden med guld, silver och dyrbara stenar eller med trä, hö och halm, så

skall det visa sig vad var och en har byggt. Den dagen kommer att visa det, eftersom den uppenbaras i eld, och hur vars och ens verk är skall elden pröva. Om det verk någon har byggt består provet, skall han få lön. Men om hans verk bränns upp, skall han gå miste om lönen. Själv skall han dock bli frälst, men som genom eld."

"Grunden" är ett uttryck för Jesus Kristus och betyder att det som man har byggt på den grunden kommer att bli uppenbarat genom prövningar som eld.

Gärningar från dem som har tro som guld, silver eller dyrbara stenar kommer att bestå även i svåra prövningar eftersom de handlar efter Guds ord. Men gärningar från dem som har tro som trä, hö och halm kommer att brinna upp när de möter svåra prövningar eftersom de inte handlar efter Guds ord.

För att överföra dessa gärningar till mått av tro är guld det femte (den högsta), silver det fjärde, dyrbara stenar det tredje, trä det andra, och hö det första (och lägsta) måttet av tro. Trä och hö har liv, och tron som trä betyder att man har en levande tro men att den är svag. Halm är dock torrt och har inte ens liv, och det syftar på dem som inte har någon tro alls.

De som inte har någon tro alls kommer inte ens att ha något med frälsningen att göra. Träet och höet, vars gärningar kommer att brinna upp genom svåra prövningar, hör till den skamfyllda frälsningen. Gud accepterar tron av guld, silver, och ädla stenar, men inte den av trä och hö.

Tro utan gärningar är död

Somliga kanske tänker, "Jag har varit kristen så länge, så jag måste ha passerat den första trosnivån så att jag åtminstone kommer in i det Första Kungadömet." Men om du verkligen har tro, kommer det synas att du lever efter Guds ord. Så om du bryter lagen och inte gör dig av med dina synder, kommer Första Kungadömet, och kanske till och med Paradiset, vara utom räckhåll för dig.

Bibeln frågar oss i Jakobs brev 2:14, *"Mina bröder, vad hjälper det om någon påstår sig ha tro men saknar gärningar? Kan väl en sådan tro frälsa någon?"* Om du inte har några gärningar kan du inte bli frälst. Tro utan gärningar är död. De som därför inte kämpar mot synden kan inte bli frälsta eftersom de är precis som mannen som tog emot ett pund och förvarade det i en duk (Lukas 19:20-26).

"Pundet" här symboliserar den Helige Ande. Gud ger den Helige Ande som en gåva till dem som öppnar sina hjärtan och accepterar Jesus Kristus som sin personlige Frälsare. Den Helige Ande gör det möjligt för dig att inse synden, rättfärdigheten, och domen, och hjälper dig att bli frälst och komma till himlen.

Om du å ena sidan säger dig tro på Gud men inte omskär ditt hjärta, varken genom att följa den Helige Andes önskemål eller handla i enlighet med sanning, då behöver den Helige Ande inte stanna kvar i ditt hjärta. Om du å andra sidan gör dig av med dina synder och handlar efter Guds ord med den Helige Andes hjälp kommer du att efterlikna Jesu Kristi hjärta, som är sanningen själv.

De av Guds barn som har tagit emot den Helige Ande som en

gåva borde därför helga sina hjärtan och bära den Helige Andes frukter för att nå fullkomlig frälsning.

Fysiskt trofast men andligt oomskuren

Gud uppenbarade för mig en medlem som hade gått bort och kommit till det Första Kungadömet, och Han visade mig hur viktigt det är att tron efterföljs med gärningar. Mannen tjänade som en medlem på ekonomiavdelningen i församlingen under 18 år utan att ha något bedrägeri i sitt hjärta. Han var även trofast i andra delar av Guds verk och fick titeln äldstebroder. Han försökte bära frukt i många olika företag och ge äran till Gud, och frågade ofta sig själv, "Hur kan jag uppnå Guds rike ännu mer?"

Ändå var han inte så framgångsrik eftersom han ibland förödmjukade Gud genom att inte gå på den rätta vägen på grund av sina köttsliga tankar och hans hjärta som ofta sökte sitt eget bästa. Han kunde också göra oärliga uttalanden, bli arg på andra människor och vara olydig mot Guds ord i många avseenden.

Eftersom han var fysiskt trofast men inte hade omskurit sitt hjärta – vilket är det viktigaste av allt – förblev han med andra ord på den andra trosnivån. Om hans ekonomiska och personliga problem hade fortskridit skulle han inte heller ha bevarat tron utan kompromissat med orättfärdigheten.

Mot slutet kallade Gud hem honom i den bästa tiden eftersom den grad av tillbakagång som hans tro hade gjort kunde ha lett till att han inte ens hade fått komma in i Paradiset om han hade fortsatt att leva.

Genom andlig kommunikation efter hans död uttryckte han sin tacksamhet och ångrade mycket som han hade gjort. Han ångrade att han hade sårat predikanters känslor genom att inte följa sanningen, orsakat andra människors fall, förolämpat andra, och inte handlat efter det han hade hört från Guds ord. Han sa också att han alltid hade känt press över att han inte ordentligt omvände sig från sina misstag när han var här på jorden, men nu var han lycklig eftersom han kunde bekänna sina misstag.

Han sa också att han var tacksam för att han inte hamnade i Paradiset eftersom han var en äldstebroder. Det var fortfarande skamfyllt att komma in i det Första Kungadömet som en äldstebroder, men det han sa att det åtminstone kändes bättre eftersom det Första Kungadömet är mycket härlighetsfullare än Paradiset.

Därför behöver du inse att det allra viktigaste är att du omskär ditt hjärta, hellre än att du har fysisk trofasthet och alla titlar.

Gud leder sina barn till en bättre himmel genom prövningar

Precis som det behövs hård träning och många timmars övning för att idrottsmän ska vinna, behöver även vi möta prövningar för att komma till en bättre boplats i himlen. Gud tillåter prövningar för sina barn för att leda dem till bättre platser i himlen och prövningarna kan delas in i tre kategorier.

För det första finns det prövningar att göra sig av med synder. För att bli Guds sanna barn måste man kämpa mot synd ända till blods så att man fullständigt kan göra sig av med synderna. Ibland bestraffar Gud sina barn eftersom de inte gör sig av med synder utan fortsätter att leva i dem (Hebreerbrevet 12:6). Precis som föräldrar ibland bestraffar sina barn för att leda dem på den rätta vägen, tillåter Gud ibland prövningar för att hans barn ska bli fullkomliga.

För det andra finns det prövningar som gör en till ett redskap och ger välsignelser. Till och med när David var en ung pojke räddade han sina får genom att döda en björn eller ett lejon som kom för att ta hans flock. Han hade sådan stor tro att han till och med dödade Goliat, som hela Israels armé fruktade, med en slunga och en sten, endast förlitande på Gud. Orsaken till att kan ändå behövde möta prövningar som till exempel bli jagad av kung Saul var för att Gud tillät dessa prövningar för att göra David till ett stort redskap och en stor kung.

För det tredje finns det prövningar som gör slut på lättja eftersom människor kan hålla sig borta från Gud om allt är lugnt för dem. Det finns till exempel människor som är trofasta i Guds rike och regelbundet tar emot ekonomiska välsignelser men sedan slutar de att be och deras entusiasm för Gud svalnar. Om Gud lämnar dem i det tillståndet kanske de faller in i döden. Så Han tillåter prövningar för dem så att de blir klarsynta.

Du behöver göra dig av med dina synder, handla rättfärdigt, och bli ett gott redskap i Guds ögon och förstå Guds hjärta som tillåter prövningar mot tron. Jag hoppas att du kommer att ta emot alla förunderliga välsignelser som Gud har förberett för dig.

Någon kanske säger, "Jag vill förändras, men det är inte så lätt trots att jag försöker." Det är något man säger, inte för att det verkligen är svårt att förändras, utan för att man saknar ivrigheten och passionen för att förändras djupt inne i sitt hjärta.

Om du verkligen inser Guds ord andligt och försöker förändra dig från ditt inre hjärta, kan du snabbt förändras eftersom Gud ger dig nåd och styrka att göra det. Den Helige Ande hjälper dig givetvis hela vägen också. Om du kan Guds ord som en bit huvudkunskap men inte handlar efter det, är det mycket troligt att du kommer att bli högmodig och självbelåten, och det kommer att bli svårt för dig att bli frälst.

Därför ber jag i Herrens namn att du inte ska förlora passionen och glädjen i din första kärlek utan fortsätta följa den Helige Andes önskan så att du kommer att få en bättre plats i himlen.

Kapitel 8

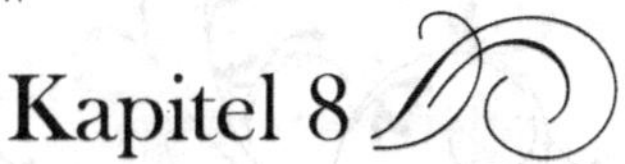

Himlens Andra Kungadöme

1. Vackra personliga hus ges till varenda en
2. Vilka människor kommer till det Andra Kungadömet?

Jag uppmanar nu de äldste bland er,
jag som själv är en av de äldste
och vittne till Kristi lidanden
och som också har del i den härlighet
som kommer att uppenbaras:
var herdar för Guds hjord som finns hos er
och vaka över den, inte av tvång utan
av fri vilja, så som Gud vill,
inte för egen vinning utan
med hängivet hjärta.
Uppträd inte som herrar över
dem som kommit på er lott,
utan var föredömen för hjorden.
När den högste herden uppenbarar sig
skall ni få härlighetens segerkrans,
som aldrig vissnar.

- 1 Petrusbrevet 5:1-4 -

Oavsett hur mycket man hör talas om himlen kommer det å ena sidan inte komma till någon nytta om man inte förstår det i sitt hjärta, eftersom man inte kommer att kunna tro det. Precis som en fågel som rycker till sig ett frö som blivit sått längs vägkanten, kommer fienden Satan och djävulen och rycker bort ordet om himlen (Matteus 13:19).

Men om man å andra sidan lyssnar till ordet om himlen och förstår det, kan man leva ett liv i tro och hopp och producera frukt, hundrafalt, sextiofalt och trettiofalt. Eftersom det går att handla efter Guds ord kan man inte bara fullgöra sin uppgift utan också bli helgad och betrodd i hela Guds hus. Vad för slags plats är då det Andra Kungadömet och vilka människor kommer dit?

1. Vackra personliga hus ges till varenda en

Jag har redan förklarat att de som kommer till Paradiset eller det Första Kungadömet har blivit frälsta på ett skamfyllt sätt eftersom deras gärningar inte kan bestå när de går igenom svåra prövningar. De som kommer till det Andra Kungadömet har den slags tro som klarar av svåra prövningar och tar emot belöningar som inte kan jämföras med dem som ges i Paradiset eller det Första Kungadömet, allt efter Guds rättfärdighet som belönar det som har blivit sått.

Om lyckan därför för den som kommit till det Första Kungadömet är som lyckan som en guldfisk har i en skål, är lyckan för den som har kommit till det Andra Kungadömet den lycka som en val har i det oändliga Stilla Havet.

Låt oss nu ta en närmare titt på hur det ser ut i det Andra Kungadömet, med fokus på husen och livet.

Enplanshus ges till varenda en

Husen i det Första Kungadömet är som lägenhetskomplex men de i det Andra Kungadömet är helt och hållet fristående, privata enplanshus. Husen i det Andra Kungadömet kan inte jämföras med vackra hus, stugor eller sommarhus i den här världen. De är enorma, vackra och modernt dekorerade med blommor och träd.

Om du kommer till det Andra Kungadömet får du inte bara huset utan också din favoritsak. Om du vill ha en pool, kommer du att få en som är vackert utsmyckad med guld och alla sorters juveler. Om du vill ha en härlig sjö, kommer du att få en sjö. Skulle du vilja ha en balsal, kommer du att kunna få en balsal. Om du tycker om att gå på promenader, kommer du att få en hänförande väg full av förtjusande blommor och växter och många djur som leker.

Men om du skulle vilja ha alla dessa saker, poolen, sjön, balsalen, vägen och så vidare, kan du dock endast få det som du tycker mest om. Eftersom människor äger olika saker i det Andra Kungadömet, besöker man varandras hus och njuter tillsammans av vad man har.

Om någon som har en balsal men inte en pool vill simma, kan han besöka sin granne som har en pool och njuta där. I himlen betjänar människor varandra och de blir aldrig uttråkade eller tackar nej till besök. Istället blir de bara gladare och lyckligare. Om man vill njuta av något kan man besöka sina grannar och njuta av vad de har.

Det Andra Kungadömet är mycket bättre än det Första Kungadömet i alla aspekter. Det kan givetvis dock inte jämföras med Nya Jerusalem. De har inte änglar som betjänar varje Guds barn. Husens storlek, skönhet och prakt är så oerhört annorlunda, och materialen, färgerna, och klarheten i juvelerna som dekorerar husen är också så annorlunda.

Dörrskylt med vackert och magnifikt ljus

Husen i det Andra Kungadömet är enplanshus och har en dörrskylt. Dörrskylten visar vem som är husets ägare och i några speciella fall graveras namnet på församlingen som personen tjänade in. Det graveras på dörrskylten från vilken ett underbart vackert och magnifikt ljus strålar fram, tillsammans med namnet på ägaren i himmelska bokstäver som ser ut som arabiska eller hebreiska. Människor i det Andra Kungadömet kommer att beundra och utbrista, ”Oh! Detta är den och dens hus som tjänade i den och den församlingen!”

Varför kommer just namnet på församlingen att skrivas in? Gud gör så för att namnet kommer att bli en stolthet och ära för medlemmarna som tjänade församlingen som byggde den Stora Helgedomen för att ta emot Herren vid Hans andra tillkommelse på skyarna.

Men husen i det Tredje Kungadömet och Nya Jerusalem har inga dörrskyltar. Det finns inte så många människor i dessa riken och genom unika ljus och aromer som kommer ut ur husen, kan man känna igen vilka husen tillhör.

Känna sig ledsen över att man inte helgades helt och fullt

Somliga kanske undrar, "Kommer det inte att bli besvärligt i himlen eftersom det inte finns några privata hus i Paradiset, och att man i det Andra Kungadömet endast kan äga en sak?" Men i himlen finns det ingen brist eller besvärlighet. Människor känner sig aldrig obekväma eftersom de lever tillsammans. Man blir inte irriterad över att man behöver dela sina ägodelar med andra. Man är endast så tacksam för att man har möjlighet att dela sina ägodelar med andra och ser det som en källa till stor glädje.

Människorna känner inte heller sig ledsna över att endast ha en privat ägodel och blir inte avundsjuka på det som andra har. Istället känner de sig alltid djupt berörd och tacksam till Gud Fadern för att Han har gett dem mycket mer än vad de förtjänade, och är alltid tillfredsställda med oföränderlig glädje och upprymdhet.

Det enda som de känner sig ledsna över är det faktum att de inte försökte tillräckligt hårt och inte blev helt och hållet helgade medan de levde på denna jord. De känner sig ledsna och skamsna över att stå inför Gud eftersom de inte gjorde sig av med all ondska inom dem. Inte ens när de se de som har kommit till det Tredje Kungadömet eller Nya Jerusalem, känner de inte sig avundsjuka på grund av deras enorma hus och härliga belöningar, utan endast ledsamhet över att de själva inte helgade sig fullständigt.

Eftersom Gud är rättfärdig låter Han dig skörda vad du har sått och belönar dig efter vad du har gjort. Därför ger Han dig en plats och belöningar i himlen i det att du helgas och blir trofast här på jorden. Beroende på hur mycket du har levt efter Guds ord kommer Han att belöna dig efter det, på ett överflödande sätt.

Om du levde fullständigt efter Guds ord, kommer Han att ge dig 100 % av vad du än önskar dig i himlen. Men om du inte lever helt och hållet efter Guds ord kommer Han belöna dig enbart efter vad du har gjort, men ändå fortfarande i överflöd.

Oavsett vilken nivå i himlen du kommer till kommer du ändå alltid att vara tacksam till Gud för att Han har gett dig mycket mer än vad du gjorde här på denna jord, och leva för evigt i lycka och glädje.

Härlighetens krona

Gud som belönar i överflöd, ger en krona som inte kommer att förgås till de i det Första Kungadömet. Vilken krona ges till människorna i det Andra Kungadömet?

Trots att de inte har blivit fullständigt helgade har de gett ära till Gud genom att göra sina uppgifter. Därför kommer de att ta emot härlighetens krona. Det står i 1 Petrusbrevet 5:1-4 om att härlighetens krona är en belöning som ges till dem som har satt ett exempel för andra genom att leva trofast efter Guds Ord.

"Jag uppmanar nu de äldste bland er, jag som själv är en av de äldste och vittne till Kristi lidanden och som också har del i den härlighet som kommer att

uppenbaras: var herdar för Guds hjord som finns hos er och vaka över den, inte av tvång utan av fri vilja, så som Gud vill, inte för egen vinning utan med hängivet hjärta. Uppträd inte som herrar över dem som kommit på er lott, utan var föredömen för hjorden. När den högste herden uppenbarar sig skall ni få härlighetens segerkrans, som aldrig vissnar."

Orsaken till att det står "härlighetens segerkrans, som aldrig vissnar" är för att varje krona i himlen är för evigt och vissnar aldrig. Du kommer att kunna förstå att himlen är en sådan perfekt plats där allt är evigt och att inte ens en krona bleknar.

2. Vilka människor kommer till det Andra Kungadömet?

Runt omkring Seoul, Republiken Koreas huvudstad, finns det satellitstäder, och runtomkring dessa ligger förorter. På samma sätt är det i himlen. Runt det Tredje Kungadömet i himlen där Nya Jerusalem finns, ligger det Andra Kungadömet, det Första Kungadömet och Paradiset.

Det Första Kungadömet är platsen för dem som befinner sig på den andra trosnivån och försöker leva efter Guds ord. Vilka personer kommer till det Andra Kungadömet? Människor på den tredje trosnivån som kan leva efter Guds ord kommer att hamna i det Andra Kungadömet. Låt oss nu i detalj se hur dessa personer är som kommer till det Andra Kungadömet.

Det Andra Kungadömet:
Platsen för människor som inte blivit fullständigt helgade

Man kan komma till det Andra Kungadömet om man lever efter Guds ord och gör sina uppgifter, men ändå inte har ett fullständigt helgat hjärta.

Om du är stilig, intelligent och vis vill du förstås att dina barn ska likna dig. På samma sätt vill Gud, som är helig och fullkomlig, att Hans sanna barn ska likna Honom. Han vill ha barn som älskar Honom och som håller buden – som lyder buden eftersom de älskar Honom, inte av pliktkänsla. Precis som du skulle göra till och med något väldigt svårt för någon du verkligen älskade, så håller du alla Hans bud med glädje i ditt hjärta om du verkligen älskar Gud i ditt hjärta.

Du skulle lyda villkorslöst med kärlek och med tacksamhet bevara det Han säger till dig att bevara, göra dig av med det Han säger till dig att göra dig av med, inte göra det Han förbjuder dig att göra, och göra det Han säger till dig att göra. Dock kan de som är på den tredje trosnivån inte handla efter Guds ord med fullständig glädje och tacksamhet i sina hjärtan eftersom de ännu inte har kommit till denna nivå av kärlek ännu.

I Bibeln talas det om köttets gärningar (Galaterbrevet 5:19-21), och köttets begär (Romarbrevet 8:5). När man gör det onda som finns i ens hjärta kallas det köttets gärningar. Syndens natur som man har i sitt hjärta som ännu inte har blivit synligt utåt kallas köttets begär.

De som befinner sig på den tredje trosnivån har redan gjort sig av med alla sina köttsliga gärningar som är synliga utåt, men de har fortfarande köttets begär kvar i sina hjärtan. De bevarar det Gud säger åt dem att bevara, gör sig av med det Gud säger till dem att göra sig av med, gör inte det som Gud förbjuder dem att göra, och gör det Gud säger till dem att göra. Dock har ondskan i deras hjärtan inte helt avlägsnats.

Om du på samma sätt gör dina uppgifter med ett hjärta som inte helt och hållet blivit helgat kan du komma till det Andra Kungadömet. "Helgelse" syftar på det tillstånd som du befinner dig i då du har gjort dig av med all slags ondska och endast har godhet i ditt hjärta.

Låt oss till exempel säga att det finns en person som du hatar. Nu har du lyssnat på Guds ord som säger, "Hata inte," och du försöker att inte hata honom. Det ledde till att du inte hatar honom längre. Men om du inte verkligen älskar honom i ditt hjärta är du inte helt och hållet helgad ännu.

Att därför växa till det fjärde måttet av tro från det tredje, är det avgörande för att ha förmågan att göra sig av med synder ända till blods.

Människor har fullgjort sina uppgifter genom Guds nåd

Det Andra Kungadömet är platsen för dem som inte helt har uppnått fullständig helgelse i sina hjärtan men som har fullgjort sina uppgifter som givits dem av Gud. Låt oss studera dessa människor som kommer till det Andra Kungadömet genom att se på ett exempel med en medlem som dog medan hon tjänade i Manminkyrkan Centralkyrkan, Seoul.

Hon kom med sin make till Manminkyrkan det år den grundades. Hon hade lidit av en allvarlig sjukdom men blev botad efter att hon fick förbön av mig, och hennes familj blev troende. De mognade i sin tro, och hon blev diakonissa, hennes make äldstebroder, och deras barn växte upp och en tjänar Herren som predikant, en som pastorsfru, och en som lovsångsmissionär.

Dock misslyckades hon med att göra sig av med all ondska och att fullgöra sin uppgift ordentligt, men hon omvände sig genom Guds nåd, fullbordade sin uppgift väl, och dog. Gud lät mig få veta att hon skulle bo i det Andra Kungadömet i himlen och tillät mig ha kontakt med henne i anden.

Det hon var mest ledsen över när hon kom till himlen var att hon inte hade gjort sig av med sina synder helt och hållet för att bli fullständigt helgad, och det faktum att hon inte riktigt hade uttryckt sin tacksamhet till sin herde som hade bett för henne om att bli helad och lett henne med kärlek.

Hon trodde också att med det som hon hade uppnått med sin tro, hur hon tjänade Herren, och orden som hon talade med sin mun, att hon endast skulle ha kommit till det Första Kungadömet. Men när hon inte hade så mycket tid kvar på jorden, växte hennes tro snabbt genom kärleksfulla böner från hennes herde och hennes gärningar som behagade Gud, och på det sättet kunde hon komma in i det Andra Kungadömet.

Hennes tro växte faktiskt mycket snabbt strax innan hon gick bort. Hon koncentrerade sig på att be och dela ut tusentals nyhetsbrev från församlingen i hennes grannskap. Hon tänkte inte på sig själv utan tjänade endast Herren troget.

Hon berättade för mig om det hus som hon skulle få bo i i himlen. Hon sa att, trots att det är ett enplanshus, är det så underbart dekorerat med vackra blommor och träd, och det är så stort och magnifikt att det inte kan jämföras med något hus på denna jord.

Men jämfört med husen i det Tredje Kungadömet och Nya Jerusalem, är det som ett hus med hötak, men hon var så tacksam och nöjd eftersom hon inte förtjänade att få det. Hon ville lämna följande meddelande till sin familj så att de skulle kunna komma till Nya Jerusalem.

"Himlen är uppdelat på ett sådant grundligt sätt. Härligheten och ljusen är så annorlunda på de olika platserna, så jag uppmanar och uppmuntrar dem om och om igen att komma in i Nya Jerusalem. Jag skulle vilja berätta för min familj som fortfarande är på jorden hur skamfyllt det är att inte ha gjort sig av med alla synder när vi möter vår Fader Gud i himlen. Belöningarna som Gud ger till dem som kommer till Nya Jerusalem och den storhet som husen har är avundsvärda, men jag skulle vilja berätta för dem hur sorgset och skamfyllt det är att inte har gjort sig av med all slags ondska inför Gud. Jag vill överlämna detta budskap till min familj så att de ska göra sig av med all slags ondska och komma in i härliga positioner i Nya Jerusalem."

Därför uppmanar jag dig att förstå hur dyrbart och värdefullt det är att ha helgat ditt hjärta och att överlåta ditt dagliga liv till Guds rike och Hans rättfärdighet med hopp om himlen, så att du ska kunna storma dig fram mot Nya Jerusalem.

Människor trogna i allt men olydiga på grund av deras felaktiga självrättfärdighet

Låt oss nu se på ett annat exempel, en annan medlem som älskade Herren och som gjorde sin uppgift troget, men som inte kunde komma till det Tredje Kungadömet på grund av några svagheter i hennes tro.

Hon kom till Manminkyrkan på grund av hennes makes sjukdom, och blev en väldigt aktiv medlem. Hennes make bars till kyrkan på en bår, men hans smärta försvann och han ställde sig upp och kunde gå. Du kan tänka dig så tacksam och fylld av glädje hon blev! Hon var alltid så tacksam till Gud som hade botat hennes makes sjukdom och till hennes betjänande pastor som bad med kärlek. Hon var alltid trogen. Hon bad om Guds rike, och med tacksamhet för sin herde hela tiden, vare sig hon gick, satt eller stod, och till och med när hon lagade mat.

Eftersom hon också älskade sina bröder och systrar i Kristus tröstade hon andra istället för att tröstas, uppmuntrade och tog hand om andra troende. Hon ville bara leva efter Guds ord och försökte göra sig av med sina synder ända till blods. Hon var aldrig avundsjuk eller längtade efter världsliga egendomar utan koncentrerade sig endast på att predika evangelium till sina grannar.

Eftersom hon var så trofast till Guds rike blev mitt hjärta inspirerat av den Helige Ande när jag såg hennes lojalitet och bad henne hjälpa till i mina möten. Jag hade tron att om hon klarade av sin uppgift troget, så skulle hela hennes familj, inklusive hennes make, få andlig tro.

Tyvärr kunde hon inte lyda för hon såg på sina omständigheter och blev uppfylld av köttsliga tankar. Något senare gick hon bort. Jag blev förkrossad och medan jag bad till Gud kunde jag höra hennes bekännelse genom andlig kommunikation.

"Trots att jag omvänder mig gång på gång för att jag inte lydde herden, kan klockan inte vridas tillbaka. Jag kan bara be för Guds rike och för herden mer och mer. En sak måste jag berätta för er mina kära bröder och systrar, det herden proklamerar är Guds vilja. Det är den största synden att vara olydig mot Guds vilja, och tillsammans med vrede är det den största synden. På grund av detta möter människor svårigheter, och jag fick beröm för att jag inte hade blivit arg, utan ödmjukat mitt hjärta och strävat efter att lyda av hela mitt hjärta. Jag har blivit en person som blåser i Herrens basun. Den dag då jag kommer att få ta emot kära bröder och systrar kommer snart. Mitt starkaste hopp är att mina kära bröder och systrar är klarsynta och inte saknar någonting så att de också kan se fram emot denna dag."

Hon tillkännagav mycket mer än detta, och berättade för mig att orsaken till att hon inte kunde komma till det Tredje Kungadömet var på grund av hennes olydnad.

"Det var några saker som jag var olydig mot innan jag kom till detta kungadöme. Ibland sa jag "Nej, Nej, Nej" medan jag lyssnade på budskapen. Jag gjorde inte dessa ord på allvar till något jag måste

göra. Eftersom jag trodde att jag skulle kunna göra det när mina omständigheter blev bättre följde jag mina köttsliga tankar. Det var ett stort misstag i Guds ögon."

Hon sa också att hon hade varit avundsjuk på predikanter och de som hade hand om församlingens ekonomi närhelst hon såg dem, och trodde att deras belöningar i himlen skulle bli så stora. Ändå berättade hon att när hon kom till himlen såg hon att så ofta inte var fallet.

"Nej! Nej! Nej! Endast dem som handlar efter Guds vilja kommer att ta emot stora belöningar och välsignelser. Om ledarna gör ett misstag är det en mycket större synd än när en vanlig medlem gör det. De måste be mer. Ledarna måste vara trognare. De måste undervisa bättre. De måste ha förmåga att urskilja. Det är därför det är skrivet i ett av de fyra evangelierna att en blind man leder en annan blind man. Detta är betydelsen av det ordet: "låt inte många av er bli lärare." Man blir välsignad om man gör sitt bästa i sin position. Den dag som vi skall möta varandra som Guds barn i det eviga riket är nu nära. Därför borde alla göra sig av med köttets gärningar, bli rättfärdiga, och ha de rätta kvalifikationerna som Herrens brud utan någon skam när de står inför Gud."

Därför behöver du inse hur viktigt det är att lyda, inte på

grund av pliktkänsla utan på grund av glädjen i det innersta av ditt hjärta och din kärlek till Gud, och helga ditt hjärta. Du borde inte heller bara vara en mötesbesökare, utan verkligen undersöka dig själv och se vilket himmelskt kungadöme som du skulle komma till om Fadern kallade hem dig nu.

Du behöver försöka bli trofast i alla dina uppgifter och leva efter Guds ord, så att du blir fullständigt helgad och har alla nödvändiga kvalifikationer för att komma in i Nya Jerusalem.

1 Korinterbrevet 15:41 berättar för oss att varje persons härlighet i himlen kommer att skilja sig mellan dem. Det står, *"Solen har sin glans, månen en annan och stjärnorna ännu en annan. Den ena stjärnan skiljer sig från den andra i glans."*

Alla som har blivit frälsta kommer att njuta av evigt liv i himlen. Somliga kommer att bo i Paradiset medan andra kommer att vara i Nya Jerusalem, efter hur stort måttet på deras tro är. Skillnaden i härlighet är obeskrivligt stor.

Därför ber jag i Herrens namn att du inte förblir i tron bara för att med nöd och näppe bli frälst utan som åkermannen som sålde alla sina ägodelar för att köpa marken och grävde upp skatten, fullständigt leva i enlighet med Guds ord och göra dig av med all sorts ondska så att du kan komma in i Nya Jerusalem och vara i den härlighet som skiner där såsom solen.

Kapitel 9

Himlens Tredje Kungadöme

1. Änglar betjänar varenda ett av Guds barn

2. Vilka människor kommer till det Tredje Kungadömet?

Salig är den som håller ut i prövningen,
ty när han har bestått sitt prov
skall han få livets krona,
som Gud har lovat
dem som älskar honom.

- Jakobs brev 1:12 -

Gud är Ande och Han är godheten, ljuset, och kärleken själv. Det är därför Han vill att Hans barn ska göra sig av med alla synder och all slags ondska. Jesus som kom till den här jorden i mänsklig kropp, är fläckfri eftersom Han är Guds själv. Vilken slags person behöver du bli för att bli en brud som tar emot Herren?

För att bli Guds sanna barn och en Herrens brud som kommer att dela den sanna kärleken med Gud för evigt måste man efterlikna Guds heliga hjärta och helga sig själv genom att göra sig av med all slags ondska.

Det Tredje Kungadömet i himlen, vilken är platsen för dessa Guds barn som är heliga och som efterliknar Guds hjärta, är så olikt det Andra Kungadömet. Eftersom Gud hatar ondska och älskar godhet så mycket behandlar Han sina barn som är helgade på ett väldigt speciellt sätt. Vad är det Tredje Kungadömet då för en plats och hur mycket behöver du älska Gud för att komma dit?

1. Änglar betjänar varenda ett av Guds barn

Husen i det Tredje Kungadömet är ännu mycket magnifikare och strålande än enplanshusen i det Andra Kungadömet, det går inte ens att jämföra dem. De är dekorerade med så många sorters juveler och har alla faciliteter som ägaren önskar.

Från Tredje Kungadömet och vidare kommer änglar ges till att betjäna varenda en, och de kommer att älska och beundra sin mästare och tjäna honom eller henne med endast det bästa.

Änglar betjänar privat

Det står i Hebreerbrevet 1:14, *"Är inte änglarna andar i helig tjänst, utsända för att tjäna dem som skall ärva frälsningen?"* Änglarna är helt och hållet andliga varelser. De liknar människor till formen som en av Guds skapelse, men de har inte kött och ben, och har inget samröre med äktenskap eller döden. De har inga personligheter som människor, men deras kunskap och makt är mycket större än människors (2 Petrusbrevet 2:11).

Som Hebreerbrevet 12:22 talar om änglar i mångtusental finns det ett oräkneligt antal änglar i himlen. Gud har fastställt ordningar och rank bland änglarna, gett dem olika uppgifter och givit dem auktoritet beroende på deras uppgift.

Det finns därför skillnader mellan änglarna, som till exempel ängel, himmelsk här, och ärkeänglar. Som exempel kan nämnas Gabriel, som tjänar som en civil tillkännagivare, som kommer till dig med svar på dina böner eller Guds planer och uppenbarelser (Daniel 9:21-23; Lukas 1:19, 1:26-27). Ärkeängeln Mikael, som är som en officer i det militära, är ledaren för den himmelska armen. Han styr striderna mot de onda andarna och ibland bryter han själv igenom mörkrets stridslinjer (Daniel 10:13-14, 10:21; Judas1:9; Uppenbarelseboken 12:7-8).

Bland dessa änglar finns det änglar som tjänar sina mästare privat. I Paradiset, det Första Kungadömet och det Andra Kungadömet, finns det änglar som ibland hjälper Guds barn, men det finns ingen ängel som betjänar dem privat. Det finns bara änglar som tar hand om gräset, eller blomplanteringarna, och de offentliga platserna för att se till att inget blir obekvämt, och det finns änglar som levererar Guds budskap.

För dem som bor i det Tredje Kungadömet eller Nya Jerusalem, kommer emellertid privata änglar ges som belöning eftersom de har älskat Gud och behagat Honom så mycket. Antalet änglar som ges kommer att vara olika beroende på hur mycket man efterliknar Guds hjärta och har behagat Honom med lydnad.

Om man har ett väldigt stort hus i Nya Jerusalem kommer ett oräkneligt antal änglar ges eftersom det betyder att ägaren efterliknar Guds hjärta och har lett många människor till frälsning. Några änglar kommer att ta hand om huset, andra utrustningen och annat som erhållits som belöningar, åter andra kommer att betjäna ägaren privat. Det kommer att finnas så många änglar.

Om du kommer till det Tredje Kungadömet kommer du inte bara ha änglar som betjänar dig privat, utan även änglar som tar hand om ditt hus, och andra som visar vägen och hjälper besökare. Du kommer att vara så tacksam till Gud för att du kommit in i det Tredje Kungadömet, eftersom Gud låter dig regera för evigt medan du blir betjänad av änglar som Han har givit dig som eviga belöningar.

Magnifika personliga flervåningshus

Husen i det Tredje Kungadömet är dekorerade med vackra blommor och träd med underbar arom och de har även trädgårdar och sjöar. I sjöarna finns det mycket fisk, och människor kan samtala med dem och dela sin kärlek med dem. Änglar spelar också underbar musik och människor kan prisa Gud Fadern tillsammans med dem.

Till skillnad från det Andra Kungadömets invånare som tillåts att endast få en favoritsak eller facilitet kan människorna i det Tredje Kungadömet äga allt vad de vill ha, som till exempel en golfbana, pool, sjö, promenadstråk, balsal och så vidare. Därför behöver de inte gå över till grannen för att njuta av något som de inte har, och de kan njuta av det själva när helst de önskar.

Husen i det Tredje Kungadömet är av flervåningstyp och de är magnifika, enorma, och väldiga i storlek. De är underbart dekorerade, vackrare än någon miljardär i den här världen någonsin skulle kunna imitera.

Det finns ingen dörrskylt på husen i det Tredje Kungadömet. Man vet ändå vems hus det är, trots att det inte finns någon dörrskylt, eftersom en unik doft som uttrycker husets mästares rena och vackra hjärta flödar ut från huset. Husen har olika dofter och olika slags klarhet i sina ljus. Ju mer mästaren efterliknar Guds hjärta, desto skönare och klarare är doften och ljuset.

I det Tredje Kungadömet får man även djur och fåglar, och de är oändligt mycket vackrare, glansiga, och älskvärda än de som finns i det Första och Andra Kungadömet. Inte att förglömma, molnbilar ges för att användas offentligt, och man kan resa i den obegränsade himlen så mycket man vill.

Som sagt kan människorna i det Tredje Kungadömet ha och göra allt de vill. Livet i det Tredje Kungadömet är obeskrivligt.

Livets Krona

I Uppenbarelseboken 2:10 finns det ett löfte om "livets krona" som ska ges till dem som varit trogna Guds rike intill döden.

> *"Var inte rädd för vad du kommer att få lida. Se, djävulen skall kasta några av er i fängelse för att ni skall sättas på prov, och under tio dagar kommer ni att få utstå lidanden. Var trogen intill döden, så skall jag ge dig livets krona."*

Frasen "trogen intill döden" betyder här att inte bara vara trogen med tron att bli martyr, utan också att inte kompromissa med världen och bli fullständigt helig genom att göra sig av med alla synder ända till blods. Gud belönar alla som kommer in i Tredje Kungadömet med livets kronor eftersom de har varit trogna intill döden och har övervunnit alla former av prövningar och svårigheter (Jakobs brev 1:12).

När människor i det Tredje Kungadömet besöker Nya Jerusalem sätter de ett runt märke på den högra kanten av livets krona. När människor i Paradiset, det Första och Andra Kungadömet besöker Nya Jerusalem sätter de ett märke på den vänstra sidan av bröstkorgen. Man kan se att härligheten för människorna i det Tredje Kungadömet skiljer sig på det här sättet.

Människorna i Nya Jerusalem får dock en speciell omsorg av Gud, så de behöver inget märke för att urskilja sig själva. De behandlas på ett väldigt exceptionellt sätt som Guds sanna barn.

Husen i Nya Jerusalem

Husen i det Tredje Kungadömet är till stor grad olika husen i Nya Jerusalem i storlek, skönhet, och härlighet.

För det första, om man säger att det minsta huset i Nya Jerusalem är 100 % är husen i det Tredje Kungadömet 60 %. Det betyder att om det minsta huset i Nya Jerusalem är 10,000 m^2, är ett hus i det Tredje Kungadömet 6,000 m^2.

Storleken på de individuella husen beror ändå fullständigt på grund av hur mycket dess mästare har arbetat för att frälsa så många själar han kunde och bygga Guds församling. Jesus säger i Matteus 5:5, *"Saliga är de ödmjuka, de skall ärva jorden,"* vilket betyder att efter det antal själar som husets ägare har lett till himlen med ett ödmjukt hjärta kommer storleken på huset som han eller hon kommer att bo i bli bestämt.

Det finns många hus större än tiotusentals kvadratmeter i det Tredje Kungadömet och i Nya Jerusalem, men till och med det största huset i det Tredje Kungadömet är mycket mindre än de i Nya Jerusalem. Förutom storlek, form och skönhet skiljer sig även juveldekorationerna sig mäkta åt.

I Nya Jerusalem finns det inte bara tolv juveler som grundstenar utan många andra sköna juveler också. Det finns outsägligt stora juveler i otroligt vackra färger. Det finns så många olika sorters juveler att man inte kan namnen på dem alla, och somliga skiner med dubbelt och trippelt överlappande ljus.

Det finns naturligtvis många juveler i det Tredje Kungadömet. Men trots variationen kan juvelerna i det Tredje Kungadömet inte jämföras med de i Nya Jerusalem. Det finns ingen juvel som skiner med dubbelt eller trippelt överlappande ljus i det Tredje

Kungadömet. Juvelerna i det Tredje Kungadömet har många fler underbara ljus jämfört med dem i det Första och det Andra Kungadömet, men där finns bara enkla och opretentiösa juveler, och till och med samma slags juvel är mindre vacker än den i Nya Jerusalem.

Det är därför som människor i det Tredje Kungadömet står utanför Nya Jerusalem som är fyllt med Guds härlighet och ser in och längtar efter att vara där för evigt.

"Om jag bara försökte lite hårdare och
blev mer betrodd i hela Guds hus..."
"Om bara Fadern kallar mitt namn en gång..."
"Om jag bara bli inbjuden en gång till..."

Det finns en obeskrivlig lycka och skönhet i det Tredje Kungadömet, men det kan inte jämföras med hur det är i Nya Jerusalem.

2. Vilka människor kommer till det Tredje Kungadömet?

När du öppnar ditt hjärta och accepterar Jesus Kristus som din personlige Frälsare, kommer den Helige Ande och lär dig om synd, rättfärdighet och dom, och låter dig förstå sanningen. När du lyder Guds ord, gör dig av med all slags ondska och blir helgad, kommer du till ett stadium där det står väl till med din själ – detta är den fjärde trosnivån.

De som har nått till den fjärde trosnivån älskar Gud så mycket och är älskade av Gud och kommer in i det Tredje Kungadömet. Vilka människor har tron så att man kan komma in i det Tredje Kungadömet?

Bli helgad genom att göra sig av med all slags ondska

På det Gamla Testamentets tid blev man inte döpt i den Helige Ande. Med egen styrka kunde de inte göra sig av med synderna som fanns djupt i deras hjärtan. Det är därför de utförde en fysisk omskärelse, och så länge ondskan inte dök upp i handling behöver de inte anse det vara en synd. Trots att någon hade tankar på att mörda någon i tankarna, var det inte någon synd så länge det inte resulterade i handling. Endast när man handlade på tanken ansågs det vara synd.

Men sedan Nya Testamentets tid, om du accepterar Herren Jesus Kristus, kommer den Helige Ande in i ditt hjärta. Om inte ditt hjärta helgas kan du inte komma in i det Tredje Kungadömet. Det beror på att du kan omskära ditt hjärta med den Helige Andes hjälp.

Du kan därför endast komma in i det Tredje Kungadömet när du gjort dig av med all slags ondska som hat, äktenskapsbrott, girighet och liknande och sedan bli helgad. Hur är en person som har ett helgat hjärta? Man har den andliga kärleken som beskrivs i 1 Korinterbrevet 13, de nio frukterna från den Helige Ande i Galaterbrevet 5, och Saligprisningarna i Matteus 5, och efterliknar Herrens helighet.

Det betyder givetvis inte att man är på samma nivå som Herren. Oavsett hur mycket en människa gör sig av med sina synder och blir helgad, kommer hans nivå vara så annorlunda än

Guds, som är ljusets ursprung.

För att därför helga ditt hjärta måste du först se till att du har den goda jorden i ditt hjärta. Med andra ord borde du göra ditt hjärta till en god jord genom att inte göra det som Bibeln lär dig att inte göra, och göra dig av med det som Bibeln säger att du ska göra dig av med. Bara då kommer du att kunna bära god frukt när säden sås. Precis som jordbrukaren som sår säden efter att han har brukat jorden, kommer säden som sås i dig skjuta skott, blomma och bära frukt efter att du har gjort det som Gud har sagt till dig att göra och hållit det Han har befallt dig att hålla.

Helgelse är därför ett tillstånd där man renar sig från arvsynden och egna synder genom den Helige Andes verk efter att man har blivit född på nytt genom vattnet och den Helige Ande genom att tro på Jesu Kristi återlösande kraft. Att bli förlåten sina synder genom tro på Jesu Kristi blod är annorlunda än att göra sig av med den syndfulla naturen inom sig med den Helige Andes hjälp genom ivrig bön och regelbunden fasta.

Att acceptera Jesus Kristus och bli Guds barn innebär inte att alla dina synder i ditt hjärta blir fullständigt borttagna. Du har fortfarande ondska som hat, stolthet och liknande inom dig, och det är därför processen av att förstå vad som är ont genom att lyssna på Guds ord och kämpa emot det ända till blods är så livsavgörande (Hebreerbrevet 12:4).

Det är så du gör dig av med köttets gärningar och rör dig vidare mot helgelse. Det tillståndet i vilket du har gjort dig av med inte bara köttets gärningar utan också köttets begärelse i ditt hjärta är den fjärde trosnivån, ett tillstånd av helgelse.

Helgad endast genom att göra sig av med den syndfulla naturen

Vilka synder är då i ens natur? Det är alla synder som har passerat ner i släktleden från föräldrarna sedan Adams olydnad. Du kan till exempel se att en liten baby, som inte ens är ett år gammal, har ett ont sinne. Trots att mamman aldrig har lärt honom någon ondska som hat eller avundsjuka, blir han arg och handlar ont om hans mamma ammar ett annat barn. Babyn kan försöka knuffa bort det andra barnet, börja gråta, fyllas med ilska, om inte det andra barnet tas bort från hans mamma.

Orsaken till att till och med en baby handlar ont, trots att han inte har lärt sig något sådan tidigare, är för att det finns synd i hans natur. De egna synderna är synderna som syns i fysiska handlingar som följer på de syndfulla begären i hjärtat.

Det är förstås så att om man är helgad från arvsynden kommer ens egna synder försvinna bort eftersom roten till synderna är borta. Därför är den andliga pånyttfödelsen början på helgelse, och helgelse den fullkomliga pånyttfödelsen. Om du därför är född på nytt hoppas jag att du kommer att leva ett framgångsrikt kristet liv i helgelse.

Om du verkligen vill bli helgad och få tillbaka den förlorade avbilden till Gud, och göra ditt bästa, då kommer du att kunna göra dig av med din syndfulla natur genom Guds nåd och styrka och med den Helige Andes hjälp. Jag hoppas att du kommer att efterlikna Guds heliga hjärta i det att Han uppmanar dig, *"Ni skall vara heliga, ty jag är helig"* (1 Petrusbrevet 1:16).

Helgad, men inte fullständigt betrodd i hela Guds hus

Gud har tillåtit mig att ha andlig kommunikation med en person som redan har gått bort, och som är kvalificerad att komma in i det Tredje Kungadömet. Porten till hennes hus är dekorerat med välvda pärlor, och det beror på att hon bad så mycket med tårar och gråt och med uthållighet när hon var här på jorden. Hon var en mycket trofast troende som bad för Guds rike och rättfärdighet, och för hennes församling och dess tjänare och medlemmar med mycket uthållighet och tårar.

Innan hon mötte Herren var hon så fattig och otursam att hon inte ens kunde ha något guldföremål i behåll. Efter att hon accepterade Herren fick hon insikt om sanningen genom att lyssna på Guds ord och skyndade sig att bli helgad genom att lyda sanningen.

Hon gjorde även sina uppgifter på ett ordentligt sätt eftersom hon fick mycket undervisning från en predikant som Gud älskar väldigt mycket, och tjänade honom mycket väl. För detta kunde hon hamna på en mycket klarare och härlighetsfullare plats i det Tredje Kungadömet.

En väldigt klar juvel från Nya Jerusalem kommer dessutom att placeras på porten till hennes hus. Denna juvel ges till henne av den predikant som hon betjänade här på jorden. Han kommer att ta den från sina juveler som han har i sitt vardagsrum och placera den på hennes port när han besöker henne. Denna juvel kommer att vara ett tecken på att hon kommer att saknas av predikanten som hon tjänade på denna jord eftersom hon inte kunde komma in i Nya Jerusalem trots att hon hade varit mycket hjälpsam mot honom på denna jord. Så många människor i det

Tredje Kungadömet kommer att avundas denna juvel.

Hon känner sig dock fortfarande ledsen över att inte kunna komma in i Nya Jerusalem. Om hon hade haft tillräckligt med tro för att komma in i Nya Jerusalem, skulle hon ha varit med Herren, predikanten hon betjänade på jorden, och andra troende medlemmar från hennes församling i framtiden. Om hon hade varit lite mer trogen här på jorden skulle hon ha kommit in i Nya Jerusalem, men på grund av olydnad missade hon möjligheten när den gavs till henne.

Men trots detta är hon så tacksam och djupt berörd över den härlighet som givits till henne i det Tredje Kungadömet. Hon är bara tacksam eftersom hon tagit emot dyrbara saker som belöning, inga som hon kunde ha förtjänat genom egna meriter. Så här säger hon:

”Trots att jag inte kan komma till Nya Jerusalem som är fylld av Faderns härlighet eftersom jag inte var perfekt i allt, har jag mitt hus i det underbara Tredje Kungadömet. Mitt hus är så stort och vackert. Även fast det inte kan jämföras med husen i Nya Jerusalem har jag fått så många fantastiska och märkvärdiga saker som världen aldrig ens skulle kunna föreställa sig.

Jag har inte gjort någonting. Jag har inte gett någonting. Jag har inte ens varit särskilt hjälpsam. Och jag har inte gjort något som skulle glädja Herren. Men den härlighet som har jag här är så enorm att jag endast kan vara bedrövad och tacksam. Jag tackar Gud för att Han trots allt tillåter mig att bo på en till och med härligare plats i det Tredje Kungadömet.”

Människor med martyrers tro

Precis som den som älskar Gud så mycket och blir helgad i sitt hjärta kan komma in i det Tredje Kungadömet, kan man åtminstone komma in i det Tredje Kungadömet om man har martyrers tro med vilken man kan offra allt för Gud, till och med ens liv.

Medlemmarna i de tidiga kristna församlingarna som bevarade tron ända tills de blev halshuggna, uppätna av lejonen i Colosseum i Rom, eller brända, kommer att ta emot en martyrs belöning i himlen. Det är inte lätt att bli en martyr under sådana fruktansvärda förföljelser och hot.

Runt omkring oss finns det många människor som inte helgar Herrens dag eller som bortser från deras Gudagivna uppgifter på grund av deras begär efter pengar. Dessa slags människor, som inte ens kan inte lyda i en liten sak, kan aldrig bevara sin tro i livshotande situationer, än mindre bli en martyr.

Vilka människor har martyrers tro? De som har ett rättsinnigt och oföränderligt hjärta likt Daniel i Gamla Testamentet. De som är vacklande och söker sitt eget bästa, som kompromissar med världen, har dock en mycket liten chans att kunna bli martyrer.

De som verkligen blir martyrer måste ha ett oföränderligt hjärta likt Daniels. Han bevarade rättfärdigheten genom tron trots att han mycket väl visste att han skulle hamna i lejongropen. Han bevarade sin tro till och med till den sista stund då han skulle kastas ner i lejongropen på grund av onda människors planer. Daniel lämnade aldrig sanningen eftersom hans hjärta var rent och sant.

På samma sätt var det med Stefanus i Nya Testamentet. Han stenades till döds medan han predikade evangeliet om Herren. Stefanus var också en helgad man som kunde be till och med för dem som stenade honom trots att han var oskyldig. Hur mycket älskar Herren honom? Han kommer att vandra med Herren för evigt i himlen och hans skönhet och härlighet kommer att vara ofantlig. Därför behöver du inse att det viktigaste som finns är att uppnå rättfärdighet och helgelse i hjärtat.

Det finns väldigt få som har den sanna tron idag. Till och med Jesus frågade sig, *"Men skall väl Människosonen, när han kommer, finna en sådan tro på jorden?"* (Lukas 18:8). Så dyrbar du kommer att vara i Guds ögon om du blir ett helgat barn genom att bevara tron och göra dig av med all slags ondska till och med i denna värld som är så fylld av synder!

Därför ber jag i Herrens namn att du kommer att be ivrigt och snabbt helga ditt hjärta, och ser fram emot den härlighet och de belöningar som Gud Fadern kommer att ge dig i himlen.

Kapitel 10

Nya Jerusalem

1. Människorna i Nya Jerusalem ser Gud ansikte mot ansikte
2. Vilka människor kommer till Nya Jerusalem?

Och jag såg den heliga staden,
det nya Jerusalem,
komma ner från himlen, från Gud,
redo som en brud,
som är smyckad för sin brudgum.

\- Uppenbarelseboken 21:2 -

I Nya Jerusalem, vilken är den underbaraste platsen i himlen, full av Guds härlighet, står Guds tron, Herrens och den Helige Andes slott, och människornas hus vilka behagade Gud så mycket med den högsta nivån av tro.

Husen i Nya Jerusalem är byggda på det mest underbaraste sätt som deras kommande mästare skulle vilja ha dem. För att komma in i Nya Jerusalem som är klar och vacker som kristall, och dela den sanna kärleken med Gud för evigt, måste man inte bara efterlikna Guds heliga hjärta, utan också fullgöra sina uppgifter som Herren Jesus gjorde.

Vad för slags plats är Nya Jerusalem och vilka slags människor kommer dit?

1. Människorna i Nya Jerusalem ser Gud ansikte mot ansikte

Nya Jerusalem, som också kallas den himmelska Heliga Staden, är lika vacker som en brud som har smyckat sig för sin brudgum. Människor där har privilegiet att möta Gud ansikte mot ansikte eftersom Hans tron är där.

Den kallas även Härlighetens stad eftersom man där kommer att ta emot härlighet från Gud för evigt när man kommer in i Nya Jerusalem. Muren är gjord av jaspis, staden av rent guld, lika rent som glas. Den har tre portar på var av de fyra sidorna – norr, söder, öster och väster – och det finns en ängel som vaktar vid varje port. De tolv grundstenarna i staden är gjorda av tolv olika juveler.

Tolv pärleportar in till Nya Jerusalem

Varför är Nya Jerusalems tolv portar gjorda av pärlor? En snäcka har stor uthållighet och använder all sin kraft för att göra en enda pärla. På samma sätt måste du göra dig av med synder, kämpa mot dem ända till blods och vara trofast intill döden inför Gud med uthållighet och självkontroll. Gud har gjort portarna av pärlor eftersom du måste övervinna dina omständigheter med glädje för att kunna göra dina Gudagivna uppgifter trots att du vandrar på den smala vägen.

När en person som på väg in i Nya Jerusalem går igenom en pärleport gråter han tårar av glädje och upprymdhet. Han uttrycker outsäglig tacksamhet och ära till Gud som har lett honom till Nya Jerusalem.

Vad är orsaken till att Gud har gjort de tolv grundstenarna av tolv olika juveler? Det beror på att de olika kombinationerna av de tolv juvelernas betydelse representerar Herrens och Faderns hjärta.

Därför behöver du inse den andliga betydelsen av varje juvel och förstå den andliga betydelsen i ditt hjärta för att komma in i Nya Jerusalem. Jag kommer att förklara dessa betydelser i detalj i *Himlen II: Fylld av Guds Härlighet.*

Husen i Nya Jerusalem är i perfekt enhet och variation

Husen i Nya Jerusalem är magnifika i storlek och liknar slott. Var och en av dem är unika beroende på ägarens önskemål, och de passar oerhört väl ihop trots att de är varierade. De olika sorters färger och ljus som strålar ut från juvelerna får en att känna skönheten och härligheten som inga ord kan beskriva.

Man kan känna igen vems hus det är bara genom att titta på det. Man kan förstå hur mycket dess ägare behagade Gud när han eller hon var på jorden genom att se på härlighetens ljus och juvelerna som smyckar husen.

Huset till en person som blev martyr här på jorden är till exempel utsmyckad med dekorationer och dokumentationer om ägarens hjärta och det personen uppnådde tills han eller hon blev martyr. Det är nedskrivet på en gyllene platta och skiner så klart. Det står, "Ägaren till detta hus blev en martyr och fullgjorde Faderns vilja på den _____ dagen i den ____ månaden i år ____."

Ljuset som kommer ut från den gyllene plattan där ägarens gärningar blivit uppskrivna syns till och med från gatan och människor kan se det tydligt och de böjer sig. Martyrskap ger en sådan stor ära och belöning, och det är något som gör Gud glad och stolt.

Eftersom det inte finns någon ondska i himlen böjer människor automatiskt sina huvuden efter den rank och djupet av hur mycket man är älskad av Gud. Precis som människor ges plakett som tack för gott arbete för att fira stora händelser, ger även Gud sådana till dem som ger Honom stor ära. Du kommer att se att dofterna och ljusen är olika beroende på vilka slags plakett man har fått.

Gud förser dessutom människornas hus med något som kommer att påminna dem om deras tid på jorden. I himlen kan man också se tidigare händelser från jordetiden på något som liknar en TV-apparat.

Kronan av guld eller av rättfärdighet

Om du kommer in i Nya Jerusalem kommer du att få ditt personliga hus och guldkronan samt rättfärdighetens krona kommer att ges som belöning för dina gärningar. Det är den mest ärofyllda och vackraste kronan i himlen.

Gud själv ger ut dessa guldkronor till dem som kommer in i Nya Jerusalem och runt Guds tron sitter de tjugofyra äldste med gyllene kronor.

> *"Runt omkring tronen stod tjugofyra troner, och på dessa troner satt tjugofyra äldste, klädda i vita kläder och med kronor av guld på huvudet"* (Uppenbarelseboken 4:4).

"Äldste" här betyder inte den titel som gavs i de första församlingarna utan dem som är rätt i Guds ögon och som är erkända av Gud. De är helgade och har uppnått fullständig helgelse i sina hjärtan, lika tydligt som den synliga helgedomen. Att ha "uppnått fullständig helgelse i sina hjärtan" innebär att personen har blivit en andlig person genom att ha gjort sig av med all slags ondska. Att uppnå "den synliga helgedomen" innebär att man har fullgjort sina uppgifter på jorden fullständigt.

Antalet "tjugofyra" står för alla människor som har kommit in genom frälsningsporten genom tro precis som Israels tolv stammar och som har blivit helgade som Herren Jesu tolv lärjungar. Därför betyder orden "tjugofyra äldste" Guds barn som är erkända av Gud och som är betrodda i hela Guds hus.

De som därför har tro som guld som aldrig förändras kommer att få ta emot kronor av guld och de som längtar efter Herrens ankomst som aposteln Paulus kommer att ta emot rättfärdighetens krona.

> *"Jag har kämpat den goda kampen, jag har fullbordat loppet, jag har bevarat tron. Nu ligger rättfärdighetens segerkrans i förvar åt mig. Den skall Herren, den rättfärdige domaren, ge åt mig på den dagen, och inte bara åt mig utan åt alla som älskar hans återkomst"* (2 Timoteusbrevet 4:7-8).

De som längtar efter Herrens ankomst kommer givetvis att leva i ljuset och sanningen och bli väl förberedda kärl och Herrens brud. På grund av detta kommer de att få ta emot olika kronor.

Aposteln Paulus blev inte överkommen av någon förföljelse eller svårighet utan försökte endast att utvidga Guds rike och uppnå Hans rättfärdighet i allt han gjorde. Han uppenbarade Guds härlighet på ett stort sätt varhelst han gick, med kamp och uthållighet. Därför har Gud förberett en krona av rättfärdighet för aposteln Paulus. Han kommer även att ge det till alla som längtar efter Herrens återkomst som Paulus.

Varje längtan i deras hjärtan blir uppfyllda

Vad du önskade dig på här på jorden, det du älskade men

gav upp för Herren – det kommer Gud att ge tillbaka i Nya Jerusalem som vackra belöningar till dig.

Husen i Nya Jerusalem kommer därför att ha allt du vill ha, så att du kan göra allt du vill göra. Vissa hus har sjöar där ägaren kan åka med båt, andra har en skog i vilken de kan promenera. Man njuter också av att samtala med sina nära och kära vid ett bord i hörnet av en vacker trädgård. Det finns hus med ängar med vackra blommor så att man kan promenera eller sjunga lovsånger med olika fåglar och vackra djur.

På det här sättet har Gud iordningställt allt i himlen som du ville ha här på jorden, utan att missa en endaste sak. Så oerhört berörd du kommer att bli när du ser allt som Gud planerat för dig med en sådan stor omsorg.

Faktum är att endast kunna komma in i Nya Jerusalem är en källa till lycka i sig själv. Du kommer att bo i oföränderlig lycka, härlighet och skönhet för evigt. Du kommer att fyllas av överflödande glädje och upprymdhet när du ser ner på marken, när du riktar blicken mot himlen, eller varhelst du vänder dina ögon.

Människor känner sig fridfulla, bekväma, och trygga bara genom att vara i Nya Jerusalem eftersom Gud har gjort det för sina barn som Han verkligen älskar, och varje skrymsle och vrå är fylld av Hans kärlek.

Så vad du än gör – oavsett om du promenerar, vilar, leker, äter eller samtalar med andra människor – kommer du att fyllas med lycka och glädje. Träden, blommorna, gräset, och till och med djuren är alla så älskvärda, och du kommer att känna härligheten i överflöd från slottets murar, utsmyckningarna och faciliteterna i huset.

I Nya Jerusalem flödar kärleken till Gud Fadern likt en fontän och du kommer att fyllas med evig lycka, tacksamhet och glädje.

Ser Gud ansikte mot ansikte

I Nya Jerusalem där den högsta nivån av härlighet, skönhet och lycka är, kan du möta Gud ansikte mot ansikte och vandra med Herren, och kan leva med dina nära och kära i evigheternas evighet.

Du kommer också att bli beundrad, inte bara av änglar och av himmelska härar, utan också av alla människor i himlen. Dina personliga änglar kommer dessutom att betjäna dig som man betjänar en kung, se till alla dina önskemål och behov på ett fullkomligt sätt. Om du vill flyga i skyn, kommer din personliga molnbil och du kan flyga runt så mycket du vill eller köra med den på marken.

Om du kommer in i Nya Jerusalem får du se Gud ansikte mot ansikte, leva med dina nära och kära för evigt, få alla dina önskemål givna till dig på ett ögonblick. Du kan ha allt du vill ha, och bli behandlad som en prins eller en prinsessa i en sagovärld.

Delta i festligheter i Nya Jerusalem

I Nya Jerusalem hålls det alltid fester. Ibland är Fadern värd för festen, andra gånger Herren och den Helige Ande. Genom dessa fester kan du uppleva glädjen av att leva det himmelska livet. Du kan uppleva överflödet, friheten, skönheten och glädjen på ett ögonblick i dessa fester.

När du deltar i festerna som hålls av Fadern kommer du

ha på dig dina finaste kläder och smycken, äta och dricka den bästa maten och dryckerna. Du kommer även att få njuta av charmerande, underbar musik, lovsång och danser. Du kan se på när änglarna dansar, och ibland kan du själv dansa för att behaga Gud.

Änglar är vackrare och har en perfekt teknik, men Gud finner mer behag i doften från sina barn som känner Hans hjärta och som älskar Honom från sina hjärtan.

De som under gudstjänsterna på jorden betjänade Gud med lovsångsoffer kommer också att betjäna under dessa fester för att göra det hela ännu mer bedårande, och de som prisade Gud med sång, dans, och instrument kommer också att medverka på de himmelska festerna.

Du kommer att ha en mjuk, fluffig klädnad med mönster, en underbar krona och dekorationer av juveler med strålande ljus på dig. Du kommer också att kunna åka i en molnbil eller gyllene vagn eskorterad av änglar till festerna. Börjar inte ditt hjärta slå hårdare av glädje och förväntan enbart genom att föreställa dig allt detta?

Kryssningsfestivaler på glashavet

I det vackra havet i himlen flyter klart och rent vatten likt kristall, utan någon fläck eller skavank. Det blå havets mjuka vågor skiner så klart. Många fiskar simmar i vattnet som är så genomskinligt, och när man närmar sig dem välkomnas man av fiskarna som rör sina fenor och uttrycker sin kärlek.

Även koraller i många färger förenar sig och svajar. Varje gång de rör sig sprider de ljuset från dessa underbara färger. Vilken underbar syn det är! Det finns många små öar i havet, och de är förtjusande. Stora kryssningsfartyg liknande "Titanic" seglar runt och det hålls även fester ombord på dessa.

Dessa skepp är utrustade med alla slags faciliteter inklusive bekvämt boende, bowlingbanor, simbassänger, och balsalar så att människor kan njuta av vad de än vill.

Bara att försöka föreställa sig alla festivaler på dessa kryssningsfartyg, som är större och betydligt mer utsmyckade än något lyxigt kryssningsfartyg på denna jord är, med Herren och alla nära och kära, gör att man överflödar av stor glädje.

2. Vilka människor kommer till Nya Jerusalem?

De vars tro är som guld, som längtar efter Herrens ankomst, och som förbereder sig själva som Herrens brud kommer att komma in i Nya Jerusalem. Hur behöver man då vara för att kunna komma in i Nya Jerusalem som är klar och vacker som kristall, full av Guds nåd?

Människor med tro som behagar Gud

Nya Jerusalem är platsen för dem som befinner sig på den femte trosnivån – de som inte bara är fullständigt helgade i sina hjärtan men som också varit betrodda i hela Guds hus.

Tro som behagar Gud är den slags tro med vilken Gud är så fullständigt nöjd med att Han uppfyller förfrågningar och önskemål från sina barn innan de ens ber dem.

Hur kan du då behaga Gud? Jag ska ge dig ett exempel. Låt

oss säga att en pappa kommer hem från arbetet, och säger till sina två söner att han är törstig. Den ene sonen, som vet att hans pappa tycker om läsk, hämtar en Coca Cola eller Sprite till sin honom. Han ger också sin pappa massage för att pappan behöver det, trots att han inte bad om det.

Den andra sonen hämtar bara ett glas vatten till sin pappa och går sedan tillbaka till sitt rum. Vilken av dessa söner är pappan mest nöjd med, vem har förstått pappans hjärta?

Till skillnad från sonen som enbart kom med ett glas vatten bara för att lyda pappans ord, måste pappan vara mer nöjd med sonen som hämtade ett glas Coca Cola som han tyckte om och sedan gav honom en massage trots att han inte hade bett om det.

Det är samma sorts skillnad mellan dem som kommer in i det Tredje Kungadömet och Nya Jerusalem, i hur mycket dessa människor behagade Gud Faderns hjärta och var trofasta mot Faderns vilja.

Människor med hel ande och med Herrens hjärta

De som har den tron som behagar Gud fyller sina hjärtan enbart med sanningen, och är betrodda i hela Guds hus. Att vara betrodd i hela Guds hus innebär att man inte bara gör sina uppgifter utan även mer än begärt med tron som Kristus själv hade, som lydde Guds vilja ända in i döden, utan att bry sig om sitt eget liv.

De som därför är betrodda i hela Guds hus gör inte gärningarna med sina egna tankar och sinnen, utan endast med Herrens hjärta, det andliga hjärtat. Paulus beskriver Herren Jesu hjärta så här i Filipperbrevet 2:6-8.

> *"Fastän han [Jesus] var till i Gudsgestalt, räknade han inte tillvaron som Gud såsom segerbyte utan utgav sig själv genom att anta en tjänares gestalt då han blev människa. Han som till det yttre var som en människa ödmjukade sig och blev lydig ända till döden – döden på korset."*

Sedan upphöjde Gud Honom, gav Honom namnet över alla namn, satte Honom på Guds högra sida i härlighet, och gav Honom makten som "kungars Kung" och "herrars Herre."

Precis som Jesus gjorde, måste du också kunna lyda Guds vilja villkorslöst för att ha tron för att komma in i Nya Jerusalem. Den som därför kan komma in i Nya Jerusalem måste kunna förstå till och med djupen i Guds hjärta. Denna slags person behagar Gud eftersom han är trofast intill döden för att följa Guds vilja.

Gud renar sina barn genom att leda dem till att ha en tro som guld så att de ska kunna komma in i Nya Jerusalem. Precis som en gruvarbetare tvättar och filtrerar i sitt sökande efter guld under en lång tid, håller Gud sina ögon på sina barn i det att de förvandlas till vackra själar och tvättar bort sina synder genom Hans ord. Närhelst Han finner barn som har tro som guld, höljer sig glädjen över all Hans smärta, ångest och sorg som Han har utstått under processen av den mänskliga kultiveringen.

De som kommer in i Nya Jerusalem är sanna barn som Gud har fått genom att vänta en lång tid tills att de förändrat sina hjärtan för att bli lika Herrens och uppnått den fulla anden. De är så dyrbara för Gud och Han älskar dem så mycket. Det är därför som Gud insisterar, *"Må fridens Gud själv helga er helt och fullt, och må er ande, själ och kropp bevaras hela, så att ni är utan fläck vid vår Herre Jesu Kristi ankomst"* i 1 Tessalonikerbrevet 5:23.

Människor som uppfyller sin martyruppgift med glädje

Martyrskap innebär att man ger upp sitt eget liv. Det kräver därför en stabil övertygelse och beslutsamhet. Härligheten och bekvämligheten som man tar emot efter att man har gett upp sitt liv för att uppnå Guds vilja, på samma sätt som Jesus gjorde, är bortom all föreställning.

Alla som kommer in i det Tredje Kungadömet eller Nya Jerusalem har givetvis tro för att bli en martyr, men den som faktiskt blir martyr får en mycket större härlighet. Om du inte är i det tillstånd att du kan bli en martyr måste du få ett hjärta som en martyr, uppnå helgelse, och fullständigt uppfylla dina uppgifter för att kunna få en belöning som en martyr.

Gud uppenbarade en gång för mig härligheten som en predikant i min församling skulle få i Nya Jerusalem när han en gång har fullföljt sin uppgift som martyr.

När han når himlen efter att ha fullbordat sin uppgift, kommer han gråta så många tårar av tacksamhet till Guds kärlek när han ser sitt hus. Vid porten till hans hus finns det en sådan stor trädgård med så många olika slags blommor, träd, och andra utsmyckningar. Från trädgården till huvudbyggnaden går en väg av guld, och blommorna prisar de verk som deras ägare har uppnått och låter honom få tröst av underbar doft.

Fåglarna med sina gyllene fjädrar utstrålar dessutom ljus och underbara träd står i trädgården. Ett oräkneligt antal änglar, alla djur, och till och med fåglarna prisar de verk i martyrskapet som uppnåtts och välkomnar honom, och när han vandrar på blomstervägen blir hans kärlek till Herren en underbar väldoft. Han fortsätter att uttrycka sin tacksamhet från djupet av sitt hjärta.

”Herren älskade mig verkligen så mycket och gav mig en sådan dyrbar uppgift! Det är därför som jag kan stå i Faderns kärlek!”

På insidan av huset är väggarna utsmyckade med dyrbara juveler, och ljuset från karneolen är blodrött och ljuset från safiren är utöver det vanliga. Karneolen visar att han har uppnått entusiasmen till att offra livet och den passionerade kärleken, på samma sätt som Paulus gjorde. Safiren representerar hans oföränderliga, upprätta hjärta och integriteten i att hålla fast vid sanningen intill döden. Den kommer att påminna om martyrskapet.

På utsidan av väggen finns det en inskription skriven av Gud själv. Det visar de olika prövningarna ägaren gått igenom, när och hur han blev martyr, och i vilka omständigheter som han utförde Guds vilja. När människor med tro blir martyrer prisar de Gud och talar ord som förhärligar Honom. Sådant kommer att skrivas på denna vägg. Inskriptionen skiner så klart att man blir överväldigat imponerad och full av lycka bara genom att läsa den och att se de ljus som strålar ut från den. Så imponerande det måste vara eftersom Gud, som är ljuset själv, skrev det! De som kommer för att besöka denna person i hans hus kommer att böja sig framför dessa ord nedskrivna av Gud själv!

På insidan av väggarna i vardagsrummet finns det många stora väggmålningar. Målningarna förklarar hur han har handlat sedan han först mötte Herren – hur mycket han älskade Herren, och vilka slags gärningar han gjorde och med vilket hjärtelag vid en speciell tidpunkt.

I hörnet av trädgården finns det också många olika sportutrustningar som är gjorda i förundransvärda material och som har dekorationer som är ofattbara på denna jord. Gud har gjort dem för att behaga honom eftersom han tyckte om sport väldigt mycket, men gav upp dem för tjänstens skull.

Hantlar är inte gjorda av någon metall eller material som här på jorden utan gjorda av Gud med speciella dekorationer. De är gjorda av dyrbara stenar som skiner underbart. Underligt nog väger de olika tungt beroende på vilken person som tränar med dem. Dessa sportutrustningar används inte för att hålla en i form utan som souvenirer som tjänar som en sorts tröst.

Vad känner han när han ser alla dessa ting som Gud har förberett för honom? Han gav upp sina önskningar för Herren men nu är hans hjärta tröstat, och han är så tacksam för Gud Faderns kärlek.

Han kan bara inte sluta tacka och prisa Gud med tårar eftersom Guds mjuka och omsorgsfulla hjärta har förberett allt han någonsin velat ha, utan att missa en enda sak som fanns i hans hjärta.

Människorna är i full enhet med Herren och Gud

Gud visade mig att det finns ett hus som är stort som en stor stad i Nya Jerusalem. Det var så förundransvärt att jag inte kunde hjälpa att bli överraskad över dess storlek, skönhet och prakt.

Huset med denna enorma storlek har tolv portar – tre portar mot norr, tre mot söder, tre mot öster och tre mot väster. I centrum står ett tre våningar högt slott, dekorerat med rent guld och alla slags dyrbara stenar.

På den första våningen finns det en stor sal där man inte kan se slutet på den när man står i den ena änden, och det finns många vardagsrum. De används för fester och som mötesplatser. På andra våningen finns det rum som visar upp och bevarar kronor, kläder och souvenirer, och det finns också plats för att ta emot profeter. Den tredje våningen används exklusivt för att möta Herren och dela Hans kärlek.

Runt slottet finns det murar som täcks av blommor med underbara dofter. Floden med livets vatten rinner runt slottet på ett fridfullt sätt, och över floden står bågformade molnbroar i regnbågsfärger.

I trädgården finns det många slags blommor, träd och gräset fullkomnar skönheten. På andra sidan floden finns en stor skog, bortom all föreställningsförmåga.

Det finns också en nöjespark med åkattraktioner som kristalltåget, Vikingåket gjort av guld, och andra attraktioner dekorerade med juveler. De sprider behagfulla ljus när de är i användning. Förutom nöjesparken finns det en vidsträckt blomsterväg, och på andra sidan blomstervägen finns det en slätt där djuren leker och vilar fridfullt som på de tropiska slätterna här på jorden.

Förutom detta finns det många hus och byggnader som är dekorerade med många olika slags juveler för att skina vackert och sprida hemlighetsfulla ljus runt hela området. Bredvid trädgården finns det också ett vattenfall, och bakom höjden finns ett hav där stora kryssningsfartyg liknande "Titanic" seglar runt. Allt detta är en del av en persons hus, så du kan nu föreställa dig något hur stort och vidsträckt detta hus är.

Detta hus, som är som en stor stad, är en turistort i himlen, och drar många människor inte bara från Nya Jerusalem utan från hela himlen. Människor njuter i varandras sällskap och delar Guds kärlek. Oräkneliga änglar betjänar ägaren, tar hand om byggnaderna och faciliteterna, eskorterar molnbilarna, och prisar Gud med dans och musikinstrument. Allt är förberett för att ge den yttersta lyckan och bekvämligheten.

Gud har förberett detta hus eftersom ägaren har övervunnit alla slags prövningar och svårigheter med tro, hopp och kärlek, och har lett så många människor till frälsningsvägen med livets ord och Guds kraft, älskat Gud först av allt, och mer än något annat.

Kärlekens Gud kommer ihåg alla dina ansträngningar och tårar och betalar tillbaka efter vad du har gjort. Han vill att alla ska bli enade med Honom och Herren med livgivande kärlek och att bli andliga arbetare och leda oändligt många människor till frälsningsvägen.

De som har tro som behagar Gud kan bli enade med Honom och Herren genom deras livgivande kärlek eftersom de inte bara efterliknar Herrens hjärta och uppnår den fulla anden, utan har också gett sina liv som martyrer. Dessa människor älskar sannerligen Gud och Herren. Även om det inte skulle finnas någon himmel känner de ingen ånger eller att de har förlorat något som de kunde ha njutit av här på jorden. Deras hjärtan är så lyckliga och glädjefyllda över att handla i enlighet med Guds ord och att arbeta för Herren.

Naturligtvis lever människor med sann tro med hoppet om belöningar som Herren kommer att ge dem i himlen som det står skrivet i Hebreerbrevet 11:6, *"Men utan tro är det omöjligt att behaga Gud. Ty den som kommer till Gud måste tro att han är till och belönar dem som söker honom."*

Men för dem spelar det ingen roll om det finns en himmel eller inte, eller vare sig det finns belöningar eller inte eftersom det finns något mer dyrbart. De känner mer lycka över att möta Gud Fadern och Herren som de älskar, mer än något annat. Att därför inte kunna möta Gud Fadern och Herren är värre och tråkigare än att inte ta emot belöningar eller inte bo i himlen.

De som visar sin odödliga kärlek för Gud och Herren genom att ge sina liv till och med om det inte skulle finnas ett himmelskt liv är enade med Fadern och Herren deras brudgum genom deras livgivande kärlek. Hur stor ära och hur stora belöningar som Gud har förberett för dem!

Aposteln Paulus, som längtade efter Herrens återkomst och la ner sin själ i Herrens verk och ledde så många människor till frälsningen tillstod så här:

> *"Ty jag är viss om att varken död eller liv, varken änglar eller furstar, varken något som nu är eller något som skall komma, varken makter, höjd eller*

djup eller något annat skapat skall kunna skilja oss från Guds kärlek i Kristus Jesus, vår Herre" (Romarbrevet 8:38-39).

Nya Jerusalem är platsen för Guds barn som är enade med Gud Fadern genom denna slags kärlek. Nya Jerusalem som är klar och vacker som kristall, där det finns ofattbara, överflödande lycka och glädje, är förberett på ett sådant sätt.

Gud Fadern, kärlekens Gud vill inte bara att alla ska bli frälsta utan också efterlikna Hans helighet och fullkomlighet så att de kan komma till Nya Jerusalem.

Därför ber jag i Herrens namn att du ska inse att Herren som for till himlen för att förbereda rum för dig, snart kommer tillbaka och att du uppnår den fulla anden och håller sig själv oklanderlig så att du kommer att bli en underbar brud som kan säga, *"Kom snart, Herre Jesus."*

Författaren:
Dr. Jaerock Lee

Dr. Jaerock Lee föddes 1943 i Muan, Jeonnamprovinsen, Republiken Korea. I tjugoåren led Dr. Lee av olika slags obotliga sjukdomar under sju år och inväntade döden utan hopp om tillfrisknande. En dag våren 1974 leddes han emellertid till en kyrka av hans syster och när han böjde knä för att be botade den levande Guden honom omedelbart från alla hans sjukdomar.

Från den stund då Dr. Lee mötte den levande Guden genom denna underbara upplevelse har han uppriktigt älskat Gud av hela sitt hjärta och 1978 fick han kallelsen av Gud att bli Hans tjänare. Han bad ivrigt och innerligt så att han skulle komma att förstå Guds vilja och helt och fullt kunna utföra den och lyda alla Guds Ord. År 1982 grundade han Manmin Centralkyrkan i Seoul, Korea och ett oräkneligt antal Guds verk, inklusive mirakulösa helanden och underverk har skett i hans församling.

År 1986 blev Dr. Lee ordinerad som pastor vid "Annual Assembly of Jesus' Sungkyul Church of Korea", och 1990, fyra år senare, började hans predikningar sändas över radio och TV i Australien, Ryssland, Filippinerna och många andra länder genom Far East Broadcasting Company, Asia Broadcast Station, och Washington Christian Radio System.

Tre år senare, 1993, valdes Manmin Centralkyrkan till en av de 50 främsta församlingarna i världen av amerikanska tidskriften *Christian World* och han mottog ett hedersdoktorat i teologi vid universitetet Christian Faith College, Florida, USA, och 1996 mottog han en Fil. Dr i pastorsämbete från Kingsway Theological Seminary, Iowa, USA.

Sedan 1993 har Dr. Lee haft en ledande roll i världsmissionen genom många internationella kampanjer i Los Angeles, Baltimore och New York i USA, Tanzania, Argentina, Uganda, Japan, Pakistan, Kenya, Filippinerna,

Honduras, Indien, Ryssland, Tyskland Peru, Demokratiska Republiken Kongo, Israel och Estland. År 2002 blev han på grund av sitt arbete med internationella kampanjer kallad "global pastor" av stora kristna tidningar i Korea.

Per Februari 2016 är Manmin Centralkyrkan en församling med mer än 120,000 medlemmar. Det finns 10,000 inrikes och utrikes församlingsutposter över hela jorden, och hittills har mer än 102 missionärer sänts ut till 23 länder, inklusive USA, Ryssland, Tyskland, Kanada, Japan, Kina, Frankrike, Indien, Kenya och många, många fler.

Fram till datumet för denna publikationen har Dr. Lee skrivit 100 böcker, inklusive bästsäljare som *En Smak av Evigt Liv Före Döden, Mitt Liv Min Tro I & II, Budskapet om Korset, Måttet av Tro, Himlen 1 & 11, Helvetet, Vakna Israel,* och *Guds Kraft*. Hans verkar har översatts till mer än 76 språk.

Hans kristna krönikor finns i tidningarna *The Hankook Ilbo, The JoongAng Daily, The Chosun Ilbo, The Dong-A Ilbo, The Seoul Shinmun, The Kyunghyang Shinmun, The Korea Economic Daily, The Korea Herald, The Shisa New* och *The Christian Press.*

Dr. Lee är för närvarande grundare och ledare för ett antal missionsorganisationer och sammanslutningar såsom ordförande i The United Holiness Church of Jesus Christ; Permanent President för The World Christianity Revival Mission Association; Grundare & Styrelseordförande av Global Christian Network (GCN); Grundare Styrelseordförande för World Christian Doctors Network (WCDN); och Grundare & Styrelseordförande för Manmin International Seminary (MIS).

Andra kraftfulla böcker av samme författare

Himlen II

Inbjudan till den heliga staden Nya Jerusalem, vars tolv portar är gjorda av glittrande pärlor, som ligger mitt i den vidsträckta himlen och skiner lika praktfullt som dyrbara juveler.

Budskapet om Korset

Ett kraftfullt budskap som ger ett uppvaknande till människor som är andligt sovande! I denna bok finner du orsaken till att Jesus är den ende Frälsaren och Guds sanna kärlek.

Helvetet

Ett allvarligt budskap till hela mänskligheten från Gud som inte vill att en enda själ ska hamna i helvetets djup! Du kommer upptäcka sådant som aldrig tidigare uppenbarats om den grymma verkligheten i Nedre Hades och helvetet.

Ande, Själ och Kropp I & II

En guidebok som ger oss andlig insikt om ande, själ och kropp och hjälper oss att ta reda på vilket slags "jag" vi har, så att vi kan få kraft att besegra mörkret och bli en andlig person.

Måttet av Tro

Vilka slags himmelska boplatser , kronor och belöningar är förberedda för dig i himlen? Denna bok ger visdom och vägledning och hjälper dig att mäta din tro och kultivera den till att bli den bästa och mognaste tron.

Vakna Israel

Varför har Gud vakat över Israel ända från denna världens begynnelse till denna dag? Vad har Han i sin omsorg förberett för Israel i de sista dagarna, för dem som väntar på Messias?

Mitt Liv, Min Tro I & II

En ytterst dyrbar andlig väldoft utvunnen från livet som blomstrar med en oförliknelig kärlek till Gud, mitt i de mörka vågorna, kalla ok och djupaste förtvivlan.

Guds Kraft

Denna måste-läsa-bok är en viktig guide genom vilken man kan erhålla sann tro och uppleva Guds underfulla kraft.

www.ingramcontent.com/pod-product-compliance
Lightning Source LLC
LaVergne TN
LVHW101939220826
846093LV00006B/61

* 9 7 9 1 1 2 6 3 0 0 5 6 3 *